De Profundis

自 深 深 处

〔英〕奥斯卡·王尔德 著

康梦婷 译

北京理工大学出版社

版权专有 侵权必究

图书在版编目（CIP）数据

自深深处 / (英)奥斯卡·王尔德著 ; 康梦婷译. -- 北京 : 北京理工大学出版社, 2022.12
ISBN 978-7-5763-1700-8

Ⅰ.①自… Ⅱ.①奥…②康… Ⅲ.①书信集—英国—近代 Ⅳ.①I561.64

中国版本图书馆CIP数据核字（2022）第170817号

出版发行 /	北京理工大学出版社有限责任公司
社　　址 /	北京市海淀区中关村南大街5号
邮　　编 /	100081
电　　话 /	（010）68914775（总编室）
	（010）82562903（教材售后服务热线）
	（010）68944723（其他图书服务热线）
网　　址 /	http://www.bitpress.com.cn
经　　销 /	全国各地新华书店
印　　刷 /	三河市金元印装有限公司
开　　本 /	880毫米×1230毫米　1/32
印　　张 /	4.5
字　　数 /	99千字
版　　次 /	2022年12月第1版　2022年12月第1次印刷
定　　价 /	29.00元

责任编辑 / 吴　博
文案编辑 / 李文文
责任校对 / 刘亚男
责任印制 / 施胜娟

图书出现印装质量问题，请拨打售后服务热线，本社负责调换

译者序

《自深深处》写于1897年，但直到1905年才正式出版，那时王尔德已经去世了。原文标题"*De Profundis*"是拉丁语，意为"自深渊中"，因此，也有"深渊书简"的译法。起这个标题的人是王尔德的朋友兼遗著保管人罗伯特·罗斯，即信中的"罗比"。它出自《诗篇》的第130篇，"De profundis clamavi ad te Domine（耶和华阿，我从深处向你求告）。"这篇忏悔诗也是罗马天主教葬礼的一部分，而联想到王尔德一直有着强烈的天主教情结，并在去世前一天改信了天主教，这一标题的选择或许也与此有关。

这封信让人们得以从王尔德的视角一窥他入狱前的经历和他在狱中的心态转变。王尔德从怨愤转为认命，最终又有所振奋，感受到希望，开始期待在未来继续写作并以更平和的心态同道格拉斯相见。然而，在翻译这部作品时，我自始至终都能强烈地感受到这是一封信，不是传记，更不是小说，而且是针对一个读者（或许两个，如果算上罗斯的话，毕竟王尔德托他抄一份副本）也只应该有一个读者的私人信件。王尔德在信中完全不做丝毫掩饰地将自己的积怨、鄙夷、痛苦、无奈和爱意都倾倒一空，而这样坦诚的几近赤裸的形象通常并不是外人有权看见的，它太过私密，太过热烈。他在历数道格拉斯的不当行为时，我觉得自己就像一个偷窥者。有权阅读这封信的人，只有烧掉了信件副本、决定永不看它的道格拉斯。

《自深深处》不仅体现了王尔德与道格拉斯之间深深的羁绊，也表现了人的多面性和世事无常。这封信中的王尔德既是体贴入微的情人，又是不太称职的丈夫和慈爱的父亲。一方面，他可以花大把的时间与道格拉斯相处，可以说是费力不讨好地哄乖戾的情人高兴，丝毫不顾及家中的妻子和两个孩子。另一方面，他对家人并不冷漠，提起妻子，他会不失卑微地说"我的妻子那时待我善良"；他的孩子，尤其是西里尔，被他称作"最亲的朋友，最好的伙伴"。他在临近结尾处，设想着自己出狱后能见到初夏的美景，就会心满意足；想象着自己重新动笔，认为"有了自由、书籍、鲜花和明月，谁快乐不起来呢"。尽管他在出狱后写了《雷丁监狱之歌》，表达了对犯人的生活环境的关切，却同时将亲友给他的年金花费在了酒精等对身心不利的事物上。一位作家曾写道：走在路上，抬头见王尔德坐在一间酒馆外，当时正在下雨，只剩下他一位客人。酒馆侍者着急关张，为赶走王尔德甚至收起桌边的雨伞，把椅子也倒扣在桌面上，但王尔德一直坐在雨中，因为他付不起酒钱。王尔德恐怕并未达到自己的期望，或许受审、监禁、被社会排斥的经历终究过于沉重，希望也无法支撑住这些沉重的压力。

至于道格拉斯，尽管被王尔德描述得一无是处，我们在阅读时也要想到，悲痛、绝望中的人很少会想起愉快的回忆。一切最真实的事可能只有他们两个知道，但蒙上了感情的事实或许也不是事实，所以他们的经历到底有多少痛苦、多少愉快，又有谁能说清？王尔德去世一年后，在1901年，道格拉斯写了一首题为《死去的诗人》（*The*

Dead Poet)的十四行诗：

>昨夜我梦到了他，看到了他的脸
>容光焕发，不为愁云所笼罩，
>如往日一般，他的话是无尽的顿挫，
>我听他用金子般的嗓音，看他
>在平庸的事物下勾勒隐藏的风雅，
>从空虚中变出神奇，
>直到丑陋的事物穿衣一般穿上美丽，
>整个世界都变成梦幻之地。
>接着，我记得，隔着一道紧锁的铁门，
>我哀悼那些未曾写下的文字、
>被遗忘的故事、讲了一半的谜、
>曾有机会说清的神奇
>与被屠的鸣禽般无声的思绪。
>于是我醒来，清楚他已死去。

作为这本书的译者，翻开它，我自始就带着忐忑的心情。

《自深深处》这封闻名世界的长信，不仅梳理了王尔德与道格拉斯的交往、他对后者交加的爱恨、他在狱中心境的变化，还体现了他在文学、哲学、宗教方面的积累。他标志性的排比、比喻，精妙的用词和一段嵌着一段的句子，在这封信中也有体现。在翻译时，我试图平衡他的语言和中文的习惯，但更多情况下，是鱼和熊掌不可兼得。

在翻译《自深深处》时，我比以往更加切实地感受到了翻译的局限。我感觉像对照着世界名画拼一幅拼图，我知道这个空缺里应该放上什么，却找不到对应的那一片，就算找到了，拼上了，一些细节也不会和原画中一样了，画中的一根细枝在两个小块的缝隙里消失了，某只动物或者人物的身体分在几块上，被割得四分五裂，虽然形状大致还是那个形状，但印出来的拼图终究失去了油画细腻精巧的笔触和一整块画布带来的完整感，而这还是拼好了拼图的理想情况。我说不好我的拼图到底是什么样子，哪怕现在我已经翻译完，在重读、在作序。我和它之间的距离，还不够我以新的思路加以审视。我的大脑在重读时，还忍不住重走当初的老路。我只知道在这幅图中，还是有缺口的。或许几年后，我会偶然发现那几个合适的小块，却已经不能修改今天的这幅大图了。

而且，第一次，作者本人隔着时空给我带来了压力——这不光是因为他文学家的名声。我第一次接触王尔德的作品，是他的《莎乐美》。我用了大半天的时间，坐在书店楼下的星巴克里，一口气读完了英文版、法文版和中文版。选择先读英文版，是因为本科毕业后法语一直搁置在我大脑的"阁楼"里，放得有些久，就尘封了一些，需要一些与之相似的英语来唤醒。因此，我喜欢上《莎乐美》，很大程度上喜欢的是它的英译。而《自深深处》中，王尔德批评这版英译"配不上它的原作"。看到这里，我莫名感到了一丝紧张。作为读者，读到这句话时还没有什么强烈的感受，只是会想，原来我认为很不错的译文在文学大师的眼中还是不够好的，果真是山外有山。作为译者，要翻译作者对一个比我厉害千倍的译者的批评，就忍不住感到一丝讽刺，一点心虚，后脖子一阵发凉。我不禁想，假如王尔德泉下有知，不知要如何批评我的译文，嫌我用我智识的钝刀剐杀了他文采的奇花。

何况我不是《自深深处》的第一个译者。这部作品的译本众多，大概所有人都能找到适合自己的一款。李白说，"崔颢题诗在前头"。我当然还没有读过任何一版，但在本书出版以后，我是一定要读的，恐怕还会一边读一边赞美一边学习一边追悔莫及地想着我当时竟没发现某片合适的拼图。

康梦婷

2021年5月

……受苦是一个长长的瞬间,无法以季节划分。我们只能衡量它的程度变化,记录它的深浅轮回……

奥斯卡·王尔德生平

奥斯卡·王尔德于1854年出生在都柏林，父亲是一位著名外科医生，母亲则是爱尔兰独立运动的支持者，曾在爱尔兰和英格兰主持文学沙龙。在都柏林圣三一学院时，王尔德在古典文学研究方面的才华为他赢得了牛津莫德林学院的奖学金，但他最终未能继续学术道路。相反，他意在进入伦敦的文学与艺术圈。他融合了约翰·拉斯金、前拉斐尔派、沃尔特·佩特的观念和泰奥菲尔·戈蒂耶"为艺术而艺术"的主张，成为唯美主义运动的主力。1881年，王尔德的一出滑稽戏为吉尔伯特和沙利文的幽默短剧《耐心》提供了主角的灵感来源。事实上，正是为了利用短剧的走红进一步获利，《耐心》的制作人多伊利·卡特才支持王尔德前往美国进行后来大获成功的巡回讲座。王尔德于1884年和康斯坦斯·劳埃德结婚，曾短暂担任过杂志主编一职，同时发表了多部诗作、剧本、童话及散文。

受美国《利平科特月刊》的出版商J.M.斯托达特的委托，王尔德创作了《道林·格雷的画像》。作品登载于杂志1890年7月刊，随即便被扣上了"无病呻吟、令人作呕""不洁""女里女气"和"毒害思想"的恶名。第二年，王尔德大幅度修订并扩充了原稿，添入了一段极具戏剧性的次要情节，并增加了一篇前言为自己的唯美主义手法辩护，将这部小说改编成书发表。当有人问及这部书是否带有自传的元素时，王尔德在信中回应，书中的主要人物是对他本人的不同反映:"巴西尔·霍华德是我对自己的印象,亨利勋爵是大众对我的印象,道林是我希望成为的样子——或许在另一个时代。"

19世纪90年代初,在以《黄面志》、韵客俱乐部和奥伯利·比亚兹莱的绘画为代表的艺术界中,王尔德属于中心人物。1892年,他用法语创作了诗剧《莎乐美》,但该剧在英格兰被禁演;1894年,配有比亚兹莱所作插图的《莎乐美》剧本以书的形式出版。1896年,《莎乐美》在巴黎上演,王尔德最终成为一位备受欢迎的剧作家。他在短时间内连续创作了《温德米尔夫人的扇子》《无足轻重的女人》《理想丈夫》和《不可儿戏》。1895年,他的两部剧作同时在伦敦上演,使他成为英国文学界的关键人物,因风趣和文采而受人仰慕。

至少自19世纪80年代中期,王尔德就过上了双重的生活。1893年,他离开家,租住在萨沃伊酒店。之后,他与比自己年轻许多的阿尔弗雷德·道格拉斯勋爵开始了一场热恋——两人在《道林·格雷的画像》成书后第二年见面,道格拉斯勋爵后将《莎乐美》译成了英文。1895年3月,王尔德对昆斯伯里侯爵,即阿尔弗雷德之父,提起诽谤诉讼,因为侯爵指控王尔德为"鸡奸者"。当侯爵的辩护律师,即王尔德曾经的同学在法庭对王尔德展开诽谤性盘问时,王德尔选择撤诉。(问:你是否疯狂地爱慕过年轻男性?答:我从未对自己以外的任何人产生过爱慕之情。)不久,王尔德因同性恋罪名被捕,两次受审后被判至旺兹沃思监狱和雷丁监狱服劳役。他在狱中写下了指责道格拉斯的长信,这封信最终以"自深深处"为题出版。

王尔德于1897年出狱,随后前往法国,化名塞巴斯蒂安·梅尔莫斯——取自他伯父所写的哥特式小说《流浪者梅尔莫斯》。1898年,他发表了记载自己狱中经历的诗作《雷丁监狱之歌》。

身体饱受摧残,又因无法支付诉讼费破产,王尔德在巴黎生活了三年,皈依罗马天主教后于1900年11月去世,葬在拉雪兹神父公墓。

于雷丁，H.M. 监狱

亲爱的波西[①]:

在长久而无果的等待之后，我终于下定决心主动给你写信。这不仅是为了你，也是为了我，因为我不愿想到，在漫长的两年监禁中，除了令我痛苦的消息外，我竟不曾收到你的一句话、一点近况，甚至是一条口信。

你我间不幸、可叹的友情已以我身败名裂而告终，那段久远情谊的回忆却仍时常伴随着我。想到心中曾经的爱意将永远被厌恶、苦涩与鄙弃取代，我就感到深深的悲哀。而你，我想，在你心里，应该也会认为，给枯卧于铁窗之内、孤独无依的我写上一封信，总比未经我允许便公开我的信件、擅自献诗给我要好一些，即便那样世人就无从得知你寄来的答复也好，申辩也罢，是悲痛还是热烈，是悔恨抑或冷漠。

在这封信中，我必将提及你我各自的生活，提及过去与未来，提及既成苦痛的甜蜜，还有或可变为喜悦的苦痛，我相信其中很多内容

[①] 即阿尔弗雷德·布鲁斯·道格拉斯勋爵，昆斯伯里侯爵之子。其父是一个难以相处的人，因制定了英美现代拳击规则而闻名。王尔德是一名优秀的作家，1891年与道格拉斯相遇时已经结婚并已至中年，道格拉斯则还在牛津大学莫德林学院读书。他们的关系很快就从长辈与晚辈的关系发展成了狂暴的激情。道格拉斯一直活到了1945年，并于1928年发表自传，讲述了自己与王尔德的情史。"波西"是家人对道格拉斯的爱称。

都会狠狠地打击你的虚荣心。如果是这样,那么请重读这封信,一遍又一遍,直到把那虚荣心除灭。你若是认为信中什么地方冤枉了你,记得要心怀感激,因为那证明你尚且有可被冤枉的清白。如果哪一段在你的眼里激起了泪水,就哭吧——就像我们在狱中这样痛哭,这里的白天和黑夜一样,都是留给眼泪的。只有痛哭才能拯救你。你要是跑去你母亲那里告状,就像说我在给罗比①的信中诬蔑了你的那次,让她哄你、惯你,把你带回平时自鸣得意、飘飘然的心态,你就彻底无可救药了。只要你找到一个虚假的借口为自己开脱,很快就能找到一百个,然后重蹈覆辙。你曾在给罗比的信里咬定我将"卑劣的动机"归咎于你,你现在还这样讲吗?啊!生活中,你从没有动机。你有的仅仅是欲望。凭借智识定下的目标才是动机。你说自己在我们的友谊之初"年纪尚小"?你的缺陷不是少不更事,而是过于世故了。年少时光犹如晨曦,伴着娇花、清澈纯净的柔光,和着单纯、希冀的喜悦,但你早已把那些远远地抛在了身后。你只管飞快地奔跑,刹那间就从浪漫跨入了现实。社会的阴沟和滋生其中的东西对你产生了诱惑。正因如此,你才身陷困境,向我求助,而我,违背公认的明智道路,出于同情和善意提供了帮助。你必须一口气读完这封信,即使对你来说,每个词都可能像烈火或手术刀那样灼伤娇嫩的皮肤,让你流血。请记住,众神眼中的愚人和世俗眼中的愚人是不一样的。一个人

---

① 即罗伯特·罗斯(1859—1918),王尔德受审、监禁直到获释时最坚定的友人。生于加拿大,父亲在他两岁时去世,母亲将他带到英国接受教育。王尔德在1886年遇到了当时正在剑桥大学国王学院学习的罗斯。罗斯后来成了记者和艺术评论家。

哪怕对艺术的革新一窍不通、对思想的演进毫无概念，或无法欣赏拉丁语诗句的华丽、希腊语元音发达的顿挫、托斯卡纳的雕塑和伊丽莎白时代的音乐，也可能拥有最美好的智慧。神灵嘲笑、捉弄的真正的愚人，是没有自知之明的人。这样的愚人，我当了太久，你也当了太久。别再这样下去了。不要害怕。最大的恶习莫过于肤浅。凡事只要认清了，就对了。还有，记住，不论什么内容，你读着再痛苦，也比不上我付之笔端时的痛苦。众神对你一直非常仁慈，他们让你不必直视生活中荒诞与悲哀的形态，而只是稍瞥几眼，像看水晶中的浮光掠影一般。美杜莎的头颅把多少活人变成了石头，你却只需在镜子中便可看看它的倒影。你可以在鲜花簇拥下自由地行走，我从前多姿多彩的世界却已被剥夺了。

首先我要说明我十分怨恨自己。坐在这不见光的牢房里，穿着囚衣，声名扫地，前途尽毁，我怨恨自己。在辗转反侧、悲苦无眠的夜里，在漫长难挨、单调痛苦的白天，我怨恨自己。我怨自己踏进了这段没有心智的友谊，它的主要目的不是创造和思考美好的事物，却完全占据了我的生活。从一开始，我们之间就有着太宽的鸿沟。你中学时就懒散惯了，大学时更是游手好闲。你从不明白，艺术家，尤其是我这样作品质量取决于突出个性的艺术家，要想发展技艺，就需要思想的契合，需要知识的氛围、安静、平和与独处。对于我的剧作，你只欣赏成品，享受于首演的成功和之后丰盛的庆功宴，得意于自己是一位优秀艺术家的密友，这很自然不过。但你并不理解艺术创作必需的条件。同你在一起时，我从未写出过一句话——这并非夸大其词，而是实事求是地提醒你。不论是在托基、戈灵、伦敦、佛罗伦萨还是其他地方，只要你在我身边，我就文思枯竭。遗憾的是，在这少有的几段时间，你总是在我身边。

这样的例子不胜枚举，我只说一例。我记得，1893年9月，我专门租了一套房间好安静地写作，因为我早先答应了约翰·海尔写一出剧本却没能如期完成，他催着我交稿了。第一周你保持了距离。之前我们就你《莎乐美》译文的艺术价值产生了分歧——这实际上毫不奇怪——因此你纠缠不休，给我寄了好几封愚蠢的信。那一周内，我写完了《理想丈夫》的第一幕，每个细节都十分完善，不用修改就成了最终的演出版本。但第二周你回来了，我就几乎不得不放弃写作。在家虽然安静，却仍会受到打扰，所以我每天上午十一点半都要到詹姆斯旅馆，以求不受打断地构思、写作。可我是白费心思。十二点钟你就坐着马车来了，抽烟闲聊一直待到下午一点半，那时我只好带你去皇家咖啡厅或伯克莱吃午餐。午餐后还要喝甜酒，通常三点半才能结束。你到怀特俱乐部休息了一个小时，下午茶时间你又回来了，又一直待到该更衣进晚餐的时候。你和我总是去萨沃伊酒店或泰特街吃饭。我们向来不过午夜就不会分开，因为美好的一天必然以威利斯餐厅的夜宵作结。这就是我那三个月的生活，天天如此，只有你出国的四天除外。当然，之后我又得去加来接你回国。对我这种性格和脾气的人，实在是既荒唐又可悲。

现在你一定看清了吧？想必你现在能意识到自己无法独处．你的天性迫切要求他人的关注与陪伴；你缺少进行长时间智力活动的能力；不巧——我说"不巧"是希望情况已有了改变——在知识方面，你并未养成所谓的"牛津风度"，我是指，你从不能优雅地看待各种观点，只会激烈地提出自己的意见。以上这些，加上你的欲望和兴趣都在于生活而非艺术，对你在文化方面的进步和我作为艺术家的工作都具有同样的破坏性。你现在看清了吗？当我将同你的友谊与同约翰·格雷①和皮埃尔·路易斯②等更年轻的人的友谊相比时，我感到羞耻。我真正的生活，我更高层次的生活是与他们和他们那样的人一起相处的时光。

在此我暂且不提我同你的友谊产生的恶劣后果，我仅想反思这段友谊未终结时的质量，它降低了我的才智。你的性情带有些许未苏醒的艺术性的萌芽，可我与你相遇时也许还没到时候，也可能已经太晚了，我不知是哪种情况。你不在时，我一切都好。就在我刚刚提到那年的12月初，我说服你母亲把你送出英国，你一走，我就重新理好已破碎纠结的想象之网，重新掌控了我的生活。我完成了《理想丈夫》余下的三幕，还构思了另外两个风格完全不同的剧本——《佛罗伦萨悲剧》和《圣妓》。我马上就要写完了，然而，出乎意料，没经邀请，未受欢迎，在如此攸关我幸福的时刻，你回来了。这两部作品还有待完善，我却再也写不下去了。当初创作它们的心境已经丢失，无法寻回了。你自己也出版过一部诗集，必然能够理解我所言非虚。而不论你是否愿意理解，这都是你我友谊中最本质的丑陋真相。与你

---

① 著有诗集《银尖笔》，威尔士亲王剧院上演的戏剧《敲诈者》的作者之一，编订了《奥博利·比亚兹莱书信遗集》。据说格雷与王尔德曾是恋人关系，但并无确凿证据证明他确实如传说中一样，是《道林·格雷的画像》主人公的原型。1931年，他为王尔德写了一篇挽歌，题为"主看彼得"。
② 法国诗人、作家，于1889年创办了文学评论杂志《海螺》，并在1892年出版了第一部著作《阿斯塔尔塔》。王尔德的《莎乐美》是献给路易斯的戏剧。

相处时，你一贯是我艺术的克星。我竟任由你执拗地挡在我与艺术之间，为此我感到深深的羞耻与自责。你无法了解，你无法体会，你无法欣赏。我无权对你有这些期望，你感兴趣的只是自己的吃喝与喜怒，你追求的也只是快活玩乐，那些平庸或稍稀罕的消遣。这才是你的秉性所需，或一时兴起的需求。我本该禁止你随意进入我的住所和房间，除非特地邀请便不让你上门。我恨极了当时的软弱，那纯粹是软弱。我一直认为，与艺术共度的半小时，比和你相处一整天更有意义。我这一生，没有什么能真正同艺术一样重要。但对艺术家而言，若是软弱麻痹了想象力，那么软弱便无异于一桩罪行。

我同样怨恨自己由着你将我带入彻底破产、毫无信誉的绝境。我记得1892年10月的一天早上，我和你母亲坐在布拉克内尔秋季泛黄的树林里。当时我还不了解你的真实性格。我仅仅在牛津陪你度过了一段周六到周一的时间，你也到克罗默镇和我住了十天。我们谈到了你，你的母亲讲起了你的品性。她说你有两大缺点，一是虚荣，二就是用她的话说，你的"金钱观全部乱套了"。

我清楚地记得我当时大笑的样子。我怎么也想不到，你的第一个缺点会把我送进监狱，第二个缺点则导致我破产。我只当虚荣是年轻人用以点缀自己的精致花朵，至于奢侈——我以为她指的只是奢侈而已——勤俭节约也并非我本人或我这种阶层的习惯。然而，我们的友谊未满一月，我就渐渐明白了你母亲所说的真正含义。你执意大肆挥霍，不断地要钱，坚称你所有的享乐都应由我买单，不管我是否在场，因此我在一段时间后便陷入了严重的拮据状态。而你越来越左右我的生活，这种铺张令我深感乏味，因为这些大笔花销的目的无非就是满足口腹之欲。偶尔用红酒和玫瑰为桌面添加一抹亮色,确是赏心乐事,但你的行为已不能用品位和嗜好解释了。你只会任性地要求,得到后又不知感恩。你逐渐认为自己有权用我的积蓄过上一种你从不曾习惯的奢靡生活,而正因为不习惯,你花天酒地的胃口反而更大。到后来,你在某家阿尔及尔赌场输了钱,就干脆第二天早上发一封电报到伦敦,要我按输掉的数额把钱存到你的账户,钱一到手则把此事抛之脑后。

我要告诉你,从1892年秋天起,到我入狱之时,除我自己的花销之外,我陪你、为你花费的现钱就超出了5000英镑。由此你就可窥见自己坚持的是一种怎样的生活。你以为我言过其实了吗?我们在伦敦一天的日常支出,包括午餐、晚餐、夜宵、娱乐、车费等大约是12英镑到20英镑,这样算来,一周的总支出就是80英镑到130英镑。我们在戈灵的三个月,我的支出是1340英镑(当然也包括房租)。我不得不和破产管理人一点一点回顾我生活中的每个细节,过程着实不堪回首。"朴素生活,高尚思考"①,想必不是当时的你会推崇的准则,但我们两人都该为那样的奢侈而惭愧。我印象中最美妙的一顿晚餐是我和罗比在苏活区一家小咖啡馆吃的,花费的数目约等于同你进餐所需的金额,但其单位却是先令。这顿饭让我写出了生平第一段,也是最为精彩的对白。情节、题目、手法和形式……一切都来自一顿3法郎50生丁的套餐。与你共进的那些昂贵晚餐却只留下了吃喝无度的记忆。我对你种种索求的妥协对你没有好处。如今你知道了。我的迁就让

---

① 引自华兹华斯《1802年9月写于伦敦的十四行诗》。

你经常索取，有时甚至肆无忌惮，风度全无。太多次，招待你简直没有给我带来多少喜悦或荣幸。你忘了——我不会要求客套的道谢，因为表面的客套会把亲密的友谊变得生分，我只求亲切的陪伴、愉快交谈的魔力，也就是希腊人所谓的"愉悦而尖刻"的谈话，还有所有那些温馨的人性，它们为生活带来美好，同音乐一样伴随着人的一生，调和着一切，令严酷、沉寂的地方充满乐音。你或许奇怪，我潦倒至此，竟还会分辨不同羞耻之间的差异。但我必须坦白承认，在你身上浪掷钱财，任你挥霍我的资产，既伤害了你也伤害了我，让我的破产在自己眼中都带上了因庸俗的穷奢极欲而倾家荡产的色彩，让我倍感羞耻。我人生的目的不在于此。

但我最怨恨自己的是，我任由自己的是非观念在你的影响下不断退化。个性的基本是意志力，而我的意志力完全从属于你了。这话听起来荒唐，但千真万确。你动辄大吵大闹，仿佛身体有此需求一般，你的头脑和肢体扭曲，将你变成了某种难以直视和倾听的怪物。你从你父亲那里遗传的可怕的狂躁让你写出了惹人厌恶的信件。你对情绪没有丝毫控制力，因此总会长时间阴郁地沉默赌气，又会像癫痫病发作似的猛然暴怒。以上种种，我都在写给你的信中提到过。你把信随手丢在萨沃伊或其他某家酒店，后来被你父亲的律师当作呈堂证供。我在信中不无哀伤地恳求过你，如果那时的你认得出哀伤的心情或言辞，就该知道的。我要说，你的无理取闹和喜怒无常正是我屈从了你无休止要求的起因和动机：你让人身心俱疲。匮乏的天性压倒了丰富的天性，弱者霸凌了强者，在我的一部剧作中，我曾将其称作"唯一持久的暴政"①。

　　但这不可避免。生活中所有的人际关系都需要某种存在方式②。与你相处时,一个人若不顺从你,就只有放弃你,再无其他选择。出于我对你虽错付却一度真挚的感情,出于我对你脾性的缺陷的深切怜悯,出于我众所周知的温厚性格和凯尔特人式的懒散,出于艺术家对粗鲁争吵和粗鄙语言的反感,出于我当时不会怨恨他人的性格特征,又因为我不愿见到生活因我不屑一顾的琐事(我关注的是另一些事)而变得苦涩难受,我一再顺从你,就是因为这些简单的原因。自然而然,你对我的索取、支配和苛求越来越无理。你最卑劣的动机、最下作的欲望、最庸俗的爱好成了指导他人生活的律条,如有必要,你还可以毫无顾忌地为其牺牲他人。因为你清楚大吵大闹一番就能如愿,所以你自然会近乎不自觉地走向粗鄙暴烈的极端。到头来,你已经不知道自己要匆匆赶往什么终点,心中想的又是怎样的目标。你将我的才华、意志力和积蓄据为己有,无尽的贪欲蒙蔽了你的双眼,你企图占据我全部的人生。你霸占了一切,我则面临着生命中一个极为关键而悲剧性的时刻。就在我开始那荒唐可叹的行动之前,一边是你的父亲在我的俱乐部留下恶语中伤的卡片,另一边则是你寄来同样伤人的信件。我随你去警局申请那可笑的拘捕令以逮捕你父亲,而当天早上我收到了你言辞最为恶毒、动机也最为可耻的一封信。在你们两个人的夹击下,我失去了理智,判断力离我而去,取而代之的是恐惧。我

---

① 出自王尔德戏剧《无足轻重的女人》第三幕。
② 原文为法语,意为"生活方式"。

不隐瞒，当时我看不到任何摆脱你们二人的可能。我盲目地乱撞，像一头误入了屠宰场的公牛。我在心理上犯下了重大错误。我一直以为在小事上顺从你无关紧要，事关重大时我自然会重新发挥起我更加优越的意志力。但并非如此。事关重大时，我却完全无法行使自己的意志力。生活中并没有所谓的小事和大事，所有事都一样重要。我事事顺从你，这种习惯源于不在乎，最终却不知不觉地成了我个性中实实在在的一部分。我还未曾察觉，它便将我的性情固化成了一种长期性的致命情绪。正因此，佩特才在他第一版散文集的后记中写道："失败源自习惯。"他说出此话时，呆板的牛津学者还以为他不过是从亚里士多德有些乏味的《伦理学》中选了一句话将之颠倒后重述而已，但这句话中蕴含一个可怕的真理。我任由你榨干我个性中的力量，而对我来说，习惯的形成不只导致了失败，还有身败名裂。你在伦理是非上对我的毁灭远甚于艺术上的破坏。

逮捕令一经批准，你便理所当然地掌控了一切。当时，我本该在伦敦咨询律师的明智意见，冷静地研究我陷入的歹毒陷阱——就像你父亲如今所称的"诱饵"——你却坚持要我带你去蒙地卡罗赌场，全天下你独独选了那个可厌的地方。你要整日整夜地赌，只要赌场不关门。至于我，我对百家乐不感兴趣，就单独留在了门外。你不愿花时间谈谈你们父子将我置于此境地，哪怕五分钟。我的作用只是为你支付房钱和赌费。稍稍提及我即将面临的煎熬，你就表现出厌烦，就连侍者推荐的新品牌香槟都更让你感兴趣。

我们一回到伦敦，那些真正关心我的朋友就求我到国外暂避，不要打一场没有胜算的官司。你却给他们的好意扣上了居心不良的帽子，说我若是听从就是懦夫。你强迫我留下来，在审判席上厚着脸皮硬扛，视情况用些荒唐愚蠢的假说伪证搪塞过去。当然，最终我获刑入狱，你的父亲则成了一时的英雄——何止一时的英雄，你一家人已然莫名其妙地跻身至圣仙人之列了。多么诡异，仿佛历史也染上了几分哥特式的色彩，使得司掌历史的克利俄也成了缪斯中最不严肃的一位女神——你父亲自此将作为一位心地纯良的和善家长，永远活在主日学校的课文里，你将与婴孩撒母耳①齐名，而我则会永世与弑童的吉尔·德·莱斯和变态的萨德侯爵②一道躺在"欺诈地狱"马勒勃尔介最深的污秽中。

  我完全可以摆脱你。我本应将你从我的生活中甩掉，就像从衣袖上甩掉蜇人的虫豸。埃斯库罗斯③在他最精彩的剧作中讲过一位王公的故事：他在家中豢养了一头幼狮，对它喜爱有加，因为他一呼唤，它就会闪着亮晶晶的眼睛跑至他身前，向他撒娇讨食，可这畜生长大了，就显露了本性，毁尽了王公本人、他的住所和家资。我觉得自己就和那王公一样。但我不是错在没有与你分开，而在于分开得太过频

---

① 以色列人立国后的第一位先知，上帝赐予他父母的孩子，自幼就懂得敬拜上帝，上帝也一直与他同在。——译者注
② 法国元帅吉尔·德·莱斯男爵，也称雷男爵（1404—1440），贞德的战友。他以淫乱和魔鬼崇拜而恶名远扬，因杀害孩童被处死。萨德侯爵（1740—1814）同为法国人，著有《贾斯廷》和《卧房哲学》。"性施虐狂"一词就是源于萨德侯爵，因为其作品充斥着对极端性爱与暴力的描述而因此闻名。他因多重罪名被判死刑，却从未被处死，最终于一家疯人院去世。
③ 后文几句都是引自古希腊剧作家埃斯库罗斯（公元前525—前456）的戏剧《阿伽门农》原文717—728行。

繁。据我估计，我几乎每三个月就会与你分道扬镳一次，而每次，你都会乞求哀告、发来电报、不停写信、托你的朋友求情、托我的朋友求情，用诸如此类的手段让我重新接受你。1893年3月末你离开我在托奇的住所时，我已下了决心永不再与你来往，也无论如何不能让你再接近我，前一晚你大闹了一场，让我忍无可忍。事后你从布里斯托又写信又发电报，求我原谅你、见见你。你的导师①没和你一起离开，他对我说，他认为你有时说话、做事不管不顾，莫德林学院的大多数人甚至所有人都同意。于是我同意见你一面，当然又原谅了你。去城里的路上，你求我带你去萨沃伊酒店。那一去着实为我带来了致命的后果。

三个月后，也就是6月，我们在戈灵。有个周末，你有几位牛津的朋友来了，和我们从周六待到周一。他们要走的那天早上，你又当着他们的面大吵了一番，场面失控，令人心寒，我不得不告诉你，我们必须一刀两断。我记得清清楚楚，我们站在平坦的棒球场上，四周是漂亮的草坪。我明说，我们都在糟蹋对方的生活，你无疑正将我引向毁灭，我显然也未能让你真正幸福，可见唯一明智、合理的出路只有断绝往来、永不相见。午饭后你闷闷不乐地走了，走前给管家留下了一封最恶毒的信，交代等你走后再给我。然而三天未过，你就又从伦敦发来电报，乞求我快原谅你，允许你回到我身边。我租下那所房子就是为了取悦你。我按你的要求给你雇了专属佣人。你可怕的

---

① 指道格拉斯的导师坎普贝尔·道奇森（1867—1948），牛津大学新学院的学者，作家、肖像学者。

火暴脾气害你不浅,我也总是相当同情。我喜欢你,所以我让你回来并且原谅了你。又过了三个月,到了9月,又爆发了新的争吵,因为我从你尝试翻译的《莎乐美》中指出了几个低级的错误。如今,你的法语水平想必已提高不少,该明白那份译文既配不上它的原作,也配不上你作为牛津中等生的身份。当然,那时你还看不出来,那段时间你给我写了很多言辞激烈的信,在其中一封,你说你对我"**没有任何才智上的义务**"。我记得读到那里时,我觉得,在我们的整段友谊中,只有这一句话毫不掺假。我想,不那么有教养的个性或许更适合与你相处。我不是有怨气才这样说,仅仅是阐明伴侣相处的事实。一切伴侣关系中——无论婚姻还是友谊——最重要的纽带都是交谈,而交谈必须有一个共同的话题,可若是两个人的修养有天壤之别,那仅有的共同话题便只能建立在最低层上。思想和行为的碎屑很有意思。我在许多剧本和悖论妙语中都将它当作精彩哲思的基石。但我们生活中的虚浮与愚蠢常常令我厌烦。我们只有在泥沼中才彼此相遇。你谈话时永远围绕着一个话题,尽管它引人入胜,极其引人入胜,我仍旧听腻了。而尽管一听到就厌烦透了,我还是接受了它,正如我接受了你光顾音乐厅的爱好,对奢侈饮食的狂热,还有你身上其余不讨喜的品质。在我看来,它们都是无法改变、不得不容忍的东西,属于认识你的高昂代价。离开戈灵后我去迪纳尔过了两周。我没有带上你,为此你气急败坏,在我出发前为这事在阿尔比马尔酒店大闹了几场,弄得很不愉快,后来又往我暂住几天的乡间住宅发了几封让人不快的电报。我记得我同你说,你有责任和自己的家人住上一阵,因为你已经一个夏天没有和他们见面了。但实际上,坦白地讲,我无论如何都不会带上你。我们已经共处了将近十二周的时间。你的陪伴令我疲惫、压抑，我需要休息与解脱。短暂的独处对我十分必要，对我的心智十分必要。所以我承认，我在前文引用过的那封信中看到了一个机会，可以如我三个月前在戈灵那个明媚的六月早上想做的那样，既结束这段来得措手不及的致命友谊，又不致以愤恨收场。然而，有人出言劝阻——我应该直说那是我的一位友人，你在这难关里向他求得了帮助——他说，如果我把你的作品像小学生的低分试卷一样打回去，你无疑会很伤心，或许还要感到羞辱，他说我在才智上对你要求过高了，说不管你信中写了什么，你内心仍是关心我的。你才初涉文学，我不想做第一个压制、阻拦你的人。我很清楚，除了诗人，没有译者能充分地传达我作品中的色彩与韵律。何况我向来将关心看作一件不可轻掷的宝物。所以，你和你的译文，我都接受了。又过了整整三个月，一系列的当众争吵引发了一场比寻常更加过分的大闹：一个周一的晚上，你带着两个朋友闯进了我的房间纠缠不休。为了避开你，第二天一早我便飞也似的逃往国外，给家人编造了一个牵强的理由解释我的突然离去。又怕你乘后一趟火车追来，我甚至给佣人留了一个假地址。我记得，那天下午，我坐在隆隆驶往巴黎的火车上想了又想：我的生活竟已过到了如此荒唐、可怕、错误的境地——我，一位享誉世界的人物，为摆脱一段从心智和伦理上都有毁于我一切美好特质的友谊，竟被迫逃离了英国；而我逃避的人，搅乱我日常，并非从阴沟或污泥中蹿入现代生活的可怖生物，却是你，一位社会层次、地位皆与我相等的年轻人，曾在牛津和我相同的学院受过高等教育，也是我家频繁登门的常客。求告、忏悔的电报一如既往地跟来，但我未加理会。最终，你威胁说，我必须见你，否则你绝不去埃及。之前，我在你知情且赞同的情况下，恳求你的母亲送你离开英国去埃及，因为你在伦敦只是在作践自己的生活。我知道，如果你不去，她会极其失望。所以，为她着想，我见了你，而在激情的影响下（即便你也不可能忘记）我原谅了过往的种种，虽然我一个字也没有谈及未来。

  第二天回到伦敦，我记得我坐在房间里，悲哀、严肃地思考，试图得出定论，你是否真的如我认为的那样，满身可怕的缺点，荒废自己也祸害他人，与你相处，或仅是认识，都会致命。整整一周，我思来想去，怀疑自己或许有失公允，错看了你。那周将尽时，一封来自你母亲的信被交到我手上，毫无保留地表达了与我相同的看法。信里，她说你盲目、膨胀的虚荣令你鄙视自己的家庭，对你的兄长——那最为坦率的人[①]——就像对待"庸人一样"。她还说，你的火暴脾气让她不敢与你谈论你的生活方式，她有自己的猜测，也猜得不错：她不敢谈起你花钱如流水，尽管担忧不已；也不敢谈起你的改变和堕落。她当然看到了遗传使你背负了一份可怕的馈赠，她也带着恐惧坦言：他是"唯一继承了那要命的道格拉斯脾气的孩子"，谈到你时，她如此写道。在末尾，她表示，她感觉有必要明说，在她看来，你同我的友谊大大助长了你的虚荣，进而引发了你一切的缺点，于是她恳求我不要出国见你。我立即回信说，我赞同她的每一句话。我又补充了许多，把能说的都说了。我告诉她，我俩的友谊始于你在牛津读大学时，你来求我帮你解决某件性质特殊、十分棘手的麻烦事。你将去

[①] 原文为拉丁语，意为"最为坦诚的灵魂"。

比利时的原因推给了同行者，你的母亲因此责怪我介绍你们认识。我在信中将过错还给了正确的人，也就是你。信的末尾，我向她保证，我没有任何去国外见你的打算，并且求她尽量不要让你回国——如果可以，希望能让你成为使馆的名誉随员；若不行，便叫你学一些现代语言。她可以使用任何理由，为了你也是为了我，至少近两三年内把你留在国外。

与此同时，你赶着每班邮递从埃及给我寄信。我对你的来信全不在意，读一遍就撕碎了。我已适应了不用理会你的日子。从前我任由你打断我的创作过程，但现在我下定了决心，欢喜地重新投入艺术中去。三个月后，你的母亲——在我生命的悲剧中，她性格里典型的软弱与你父亲的狂暴扮演了同样致命的角色——竟然亲自写信给我，我毫不怀疑是你撺掇的结果。她说你急切地盼望我的讯息，而为了让我没有不联系你的借口，还随信附上了你在雅典的地址。我当然早就知道你的地址。我要说，她这封信让我惊呆了。我理解不了，在12月寄来那样的信、收到我的回复后，她怎能又想修复或重建我同你不幸的友谊。我当然回复了她的来信，并再次敦促她为你联系一份驻外使馆的事务，以阻止你返回英国，但我仍旧没有给你写信，也未在收到你母亲的信前给予你电报更多回应。最终你直接将电报发给了我的妻子，求她对我施加影响，让我给你写信。我们的友谊一直令她担忧，不只因为她从不喜欢你，还因为她看到了与你来往时我发生了何种改变，非积极的改变。但她还是一向对你亲切友好，不愿我（在她看来）委屈哪位朋友。她认为，那不符合我的个性。在她的要求下我才联系了你。我清清楚楚地记得我那封电报的措辞。我说时间能治愈所有伤口,但多月内我既不愿给你写信也不愿见你。你立即动身来到巴黎,途中不断发来情绪激动的电报,求我见你,哪怕一面。我回绝了。一个周六的晚上你抵达了巴黎,在旅馆收到我留的一封短信,信中写明了我不会见你。第二天早上,我在泰特街收到了你发的电报,足有十一页。你写道,你相信,无论你对我做过什么,我总会见你。你强调说,你六天日夜兼程横跨欧洲,只为了见我,哪怕一个小时。我必须说,你的乞求实在可怜,结尾于我看来似乎是在以自杀相逼,几乎是直接威胁。你经常和我提起,你家族中多少人的手上都沾染了他们自己的鲜血——你的叔叔无可置疑,祖父或许也是,你出自的疯狂、败坏的血脉上还有许多这样的人。[①]可惜,念及对你的旧情;念及你那样骇人的死亡对你母亲来说或许是不堪承受的打击;念及你如此年轻,虽带着丑恶的缺点却仍有美的希望,若就此惨死该多么可怕;又念及最基本的人性,我同意最后见你一面——若我需要借口,那只得将以上种种归作我的借口了。我到达巴黎那晚,你的泪水一次次决堤,像雨水一样滑过你的面颊,先是在瓦赞餐厅吃晚餐时,后是在巴亚餐厅吃夜宵时。你见到我后由衷地喜悦,拉着我的手不愿放开,仿佛一个知错的乖孩子。你的懊悔,在当时,单纯又真挚。于是我同意重修旧好。我们回到伦敦两天后,你的父亲看到你在皇家咖啡厅同我共进午餐,随后坐到了我们桌前,倒我的酒喝。当天下午,他就通过写给你的一封信,开始对我攻击。

---

① 道格拉斯父亲一系曾有许多暴力死亡的例子。道格拉斯的祖父因射击意外被杀,叔叔则割喉自杀。

或许说来奇怪，但那是别人第二次将同你分开的责任（我不称其为"机会"）强加给我。我应该不用提醒你，我指的是1894年10月10日至13日，你在布莱顿对我做的事。对你来说，三年前已是很久以前，难以追溯。但我们这些困于监牢、生活中只余悲伤的人，只能以阵阵痛感和苦涩的点滴来记录时间的流逝。我们再无其他可想了。你听到这话或许无法理解，但受苦就是我们的生存方式，因为只有在痛苦中，我们才感知得到自己的存在。回忆起过去的苦难同样必要，因为它保证并且证明我们尚且保有自己的身份。我与记忆中的喜悦隔着深深的鸿沟，现实的喜悦离我同样遥远。假如我们共处的生活真如众人臆想的那样，简简单单，尽是玩乐、挥霍和欢笑，我绝对记不起一分一毫。正因为从前的日子充满悲哀的点滴和苦涩，因种种预兆显得凶险不祥，因单调的一幕幕而乏味无聊，因可鄙的狂暴而可怕，我才能详细地回忆起每件事情，看见每个场景，听见每一句话，甚至眼前耳中再无其他。这里的生活和痛苦联系得如此紧密，我与你的友谊，按照我不得已记住的情形，似乎成了一首序曲，与那些不同调式的哀痛和鸣——我每天都不得不体悟那些哀痛，不，我几乎赖以度日——仿佛我的一生，不管我和别人曾怎么以为，一直都是一部现实的悲伤交响曲，按照节奏，一个乐章又一个乐章地进行下去，直到定好的结束音，每一步都带着艺术中处理宏大主题的必用手法——必然。

我前面说起过你在三年前的那三天里对我做的事，对吗？当时为了写完我的最后一部剧，我独自住在沃辛。你来找了我两次，然后走了。忽然你又第三次出现，并且带了一位同伴，竟然还提出要留他在我那里住下。我（你现在该承认了）严词拒绝了。当然我招待了你们——我别无选择——但不是在我自己的家里。第二天是周一,你的朋友回去工作,你则留下了。你在沃辛待得无聊,而我当时唯一在意的只有那部剧本,只想专心写作,却集中不了注意力,这无疑也让你感到乏味。于是你软磨硬泡叫我带你去布莱顿的大酒店。我们入住的当晚,你就感染了那种被愚蠢地称作"流感"的病,发起了讨厌的低烧。那是你第二次,也可能是第三次感染了。我不说你也该记得,我是如何悉心地服侍你、照料你,不仅买来了各种水果、鲜花、礼物、书籍等金钱能换取的奢侈物品,更付出了关心、柔情和爱——不论你怎样以为,这些都是金钱换不来的。我每天除开晨间散步一小时,下午乘车出门一小时,整天都留在酒店。因为酒店的葡萄不合你的口味,我还特地从伦敦买来给你。我编故事让你高兴,如果不在你的房间就一定守在隔壁,我每晚都坐在你身边,安抚你或是逗你开心。

　　四五天后你痊愈了,我另租了房子,希望把剧本写完。你当然随我一道搬了过去。我们安顿妥当的第二天早上,我感觉难受极了。你必须去伦敦办事,但保证说下午就回来。在伦敦你遇到了一个朋友,直到第二天才回布莱顿。那时,我已发起了高烧,医生诊断我被你传染了流感。对一个病人来说,这所房子实在是一大不便。我的起居室在一层,卧室则在三层,既没有男仆服侍,也没有任何人帮我捎信或按医嘱买东西。但还有你。我并未担心。可接下来的两天,你撇下我一个人,我无依无靠,什么也没有。已经不是有没有葡萄、鲜花和精致礼物的问题了,而是最基本的必需品也没有。我连医生嘱咐我喝的牛奶都拿不到,柠檬水就更不可能。我求你从书店为我带一本书,如果没有我想要的,就另选一本,可你去也不肯去一趟。我因此整天没有东西可读,这时你又泰然自若地告诉我,你已买好了书,店里的人答应把书送过来。这话我后来才碰巧发现是彻头彻尾的谎言。这段时间你自然是在用我的钱享受,乘着马车四处游玩,在大酒店吃喝,只有要钱时才踏进我的房间。周六晚上,你从一早丢开我不管,已经一天了,我请你晚餐后回来陪我坐上一会儿。你恶声恶气地勉强答应了,我一直等到了晚上十一点,你也没有露面。于是我在你的房间里留了一张字条,仅仅是提醒你之前的承诺,希望你反思自己爽约的情况。凌晨三点,我睡不安稳又口渴难忍,所以冒着寒冷摸黑下楼到起居室,想要找些水喝。我看到了你。你劈头盖脸地大骂,恶毒的词汇无不显示着暴虐的脾气和冲动粗野的个性。在自私的作用下,你的悔意转化为狂怒。你骂我以自我为中心,生病了还要拖住你,阻拦你去消遣,剥夺你的乐趣。你对我说,你午夜回来只是为了换上礼服,好再出去寻欢作乐,可我留了一封信提醒你已把我撇下了一天一晚,打断了你享乐的兴致,削减了你娱乐的心气。我知道这些都是实话。我愤慨地上了楼,直到破晓也未合眼,又过了很久,我才弄到水缓解了发烧造成的口渴。上午十一点你进了我的房间。在夜间的争吵中,我不禁注意到,我的那封信反而激得你变本加厉地放纵。上午,你已经恢复了常态。我像往常一样等着听你的借口,想看你又要如何求得原谅,尽管那原谅从一开始便等着你了。你心里也清楚,你做错什么都会得到原谅。你坚信我会原谅一切,这是你最让我喜欢的一点,也可能是你最能让我喜欢的一点。谁知你非但没有示弱,反而更加蛮横、狂暴地重复起了之前的争吵。我让你从我的房间出去,你假装照做了,但我从枕头上抬起头时,你还在。忽然,你残忍地大笑着,歇斯底里一般暴怒着朝我扑来。我无端感到了深深的恐惧，立即跳下床，不顾光着脚生着病，跑下两层台阶进了起居室。我拉铃唤来了房东，直到他确认你已离开了我的卧室，并且保证随叫随到以防万一，我才出来。接下来的一个小时中，医生来过了。不难想象，他见到我时，我神经紧张、精疲力竭，病情也加重了。一个小时后你回来了，一言不发，是来找钱的。你搜走了梳妆台和壁炉架上的钱，提着行李走出了大门。我还用说，在接下来凄凉的两天，孤零零还生着病，我对你有了怎样的想法吗？难道还有必要言明，在你展现了那样的面目之后，我清楚地认识到，与你保持任何交集都是对我的折辱？我明白了断的时候到了，心里只感到如释重负。我知道从那以后，我的艺术与生活在任何方面都将更加自由、更好、更美。我还病着，却感到了舒畅。想到这次再无和好的可能，我觉得安心。周二我退了烧，于是第一次下楼吃了饭。周三是我的生日。我桌上的电报和信件中有一封是你的笔迹。我怀着伤感拆开了它。我清楚，一句软话、一点示好、一点惨相就哄得我重新接纳你的时候已经过去了。但我完全没想到，我低估了你。你在我生日当天寄来的信是前两次争吵的延续，只是狡猾地、煞费苦心地换成了白纸黑字！你用粗俗的话嘲弄我。你写道，这整件事里唯一让你痛快的就是你回伦敦前重新去了大酒店，并把午餐的费用算在了我的账上。你夸我实在明智，那天还知道离开病床、赶紧逃到楼下。"那可是对你不妙的一刻"，是你的原话，"比你想得还要不妙"。啊！我清楚地明白。我不知道你具体是什么意思；也许你带着手枪，有一次你想用它吓唬你父亲，以为没有子弹，结果在我公司的一家公共餐厅开了枪；也许你的手正在伸向我俩之间桌面上的某把普通餐刀，暴怒让你忘记了自己体型和力量的劣势，只想着趁我卧病，做出一些尤为残酷的人身侮辱甚至攻击。我无法区分判断。直到如今我仍不知道。我只知道极度的恐惧彻底攫住了我，我觉得如果不立刻从那房间出去躲开你，你就会做出或图谋某种连你也会懊悔终生的事。在那之前，我平生只有一次被一介凡人激出了同等程度的恐惧。那是在泰特街我家的书房里面对你父亲的时候，中间是他的帮凶或者朋友。他暴跳如雷，抽搐似的在空中挥着他的小手，嘴里吐着他肮脏的脑子能想到的所有肮脏的话，狂吼着各式可鄙的威胁——后来他都用诡计阴谋实现了。那一次，首先退出房间的自然是他。我将他赶了出去。面对你，我主动走了。这也不是我第一次担起责任，把你从你自己手中救下了。

信的结尾，你是这样写的："你一旦下了神坛就没有意思了。下次你生病，我一定立刻躲开。"啊！这话揭示了多么粗鄙的内心！想象力多么枯竭！那性情，那时已变得多么冷酷、多么卑劣！"你一旦下了神坛就没有意思了。下次你生病，我一定立刻躲开。"我从一个监狱转到了另一个监狱，凄惨的单人牢房里，这些词句在我耳畔回响了多少遍？我自己一遍一遍重复这两句话，我希望我想得不对，但相信终于在其中窥见了你奇怪沉默的秘密。我的疾病和高烧正是因为照料你而被感染的，你却能写出那种话，这固然粗鄙得可恶。但一个人对另一个人写出这种话，本身就是一种不可饶恕的罪孽，如果世上确实有罪孽不可饶恕的话。

坦白说，刚读完你的信时，我几乎觉得受到了玷污，仿佛同这种性格的人有些许交往，就已经给我的生活蒙上了洗不掉的污点和耻辱。事实确是如此,但我六个月后才意识到这种玷污的程度之深。我准备周五返回伦敦,然后亲自约见乔治·刘易斯爵士,请他写信给你父亲,说明我已决定从今往后绝不许你再走进我的家门、和我一桌吃饭、讲话、散步,或者在任何时间和场合同我在一起。之后我就会写信通知你我的行动,其中的原因你必然已经明白了。周四晚上,我已安排妥当,可周五早间,我吃早饭前随手打开了一份报纸,发现里面夹着一张电报,说你的兄长——真正的一家之主、爵位的继承人、家庭的顶梁柱——被发现死在一条沟里,开过火的空枪掉在旁边。这场悲剧的情境如此骇人,现在已查清是一起意外,当时却沾染着更加险恶的意味;这样一个人见人爱的人,几乎是在婚礼的前夜横死,多么悲怆;我想到你会感到的,或应该感到悲痛;我知道你母亲失去他会怎样凄苦,她向来将生活的安慰和喜乐都寄托在他的身上,她也曾告诉我,他自出生起,就从未惹她流过一滴眼泪;我想到你的孤独,你的其他兄弟都不在欧洲,你也就成了母亲和妹妹的唯一依靠,不仅要在她们的悲伤中提供精神支持,还要负责处理伴随死亡而来的一系列苦心伤神的事务;一想到"万事皆堪落泪"①,一想到塑造了世界的泪水,一想到凡人的事情无不悲哀——这些想法和情绪便汇流、积聚在我的大脑,生出了对你与你的家人无尽的怜悯。我忘记了自己因你而起的心痛和怨愤。我不能像你对待生病的我那样对待遭遇丧亲之痛的你。我即刻发电报向你表达最深切的同情,并在随后的信中邀请你尽早来我家做客。我认为,在那个节点上弃你于不顾,还是经由律师正

---

① 原文为拉丁语。意指催人泪下、悲哀的情况。

式同你绝交，都会是你难以承受的打击。

你被叫到了悲剧发生的现场，从那里回到伦敦后就立即来见了我，一副和顺朴素的样子，穿着丧服，两眼泪水迷蒙。你像个孩子一般向我寻求安慰和帮助。我便将我的大门、我的心都向你敞开了。我也把你的悲伤当作了我的悲伤，好为你分担一些哀痛的重负。我一次、一字也没有提起你对我做了什么，那些可厌的大闹和那封可气的信。你的悲痛发自内心，我感觉它前所未有地拉近了你与我的距离。你从我手中拿去放在你兄长墓前的花束，不仅仅象征了他生命的美好，也代表了所有生命中沉睡着、等着见到天日的美好。

众神真是难以看透。他们不但使我们的罪过成为惩罚我们的工具，[①]还会借助我们心中的善良、温柔、人性和关爱引我们走向毁灭。若不是因为我对你一家的怜悯与好感，如今也不至于在这个悲惨的地方哭泣。

当然，通过我们所有的交往，我不仅察觉了命运的摆布，也看到了难逃的厄运——厄运总是步履如飞，因为它嗜血成性。从你父亲一系，一直到你，都是这样一个家族：与你们的婚姻令人恐惧，与你们的友谊都引向致命的结局，而你们暴力的手不是伸向自己就是他人的生命。让我们生活交汇的每个不起眼的机缘，你找我寻求享乐或帮助时所有似乎无关紧要大大小小的缘故，所有那些微不足道的机会或意外，放在生活的大局中就好似光柱中轻舞的尘埃，或树上飘下的

---

① 出自《李尔王》第五幕第三场。王尔德化用了爱德伽的台词："公正的天神使我们的风流罪过成为惩罚我们的工具。"

落叶，但所有这些，都伴随着毁灭，它就像一声痛呼的回响，或是随掠食者一同捕猎的阴影。我们的友谊真正开始，是因为你向我写了一封可怜、动人的信，求我把你从一种任何人都会不齿（对一位在牛津学习的年轻人来说更是双重耻辱）的境况中解救出来。我照做了，最终，因你在乔治·刘易斯爵士面前自称是我的朋友，我渐渐失去了他的尊重和友谊——我们长达十五年的友谊。丧失了他的忠告、帮助与尊重，我便丧失了生活中最为有力的防护。

你寄来了一首很不错的诗，对本科生来说水平很高，你希望征求我的意见。我回复了一封充满精彩文学比喻的信：我将你比作海拉斯、雅辛托斯、琼奎伊尔或那喀索斯①，又或是其他为伟大的诗歌之神垂青、爱悦的人。那封信好像将莎士比亚的十四行诗转为小调演绎。一个人，只有读过柏拉图的《会饮篇》，或能在希腊石像中捕捉到它定格、美化的沉郁情绪，才能够理解这封信。坦白地说，若是两所大学中有任何翩翩少年将自己的诗作寄给我，我一时高兴冲动之下，也会写出同样的回信，并会相信他有足够的才智或文化来正确解读其中的绝妙语句。可那封信经历了什么！它从你那里传到了一个败坏的同伴手中，又经他传给了一伙敲诈勒索之徒，做成许多份寄给了我在伦敦的朋友和上演我作品的剧院经理手中。满城众说纷纭，却没有人做出正确的解读；当时这条荒诞的流言让上流社会兴奋不已，说是我因给你写了一封伤风败俗的信函，不得不付出一笔巨款。这封信也为你父亲最致命的攻击提供了基础：我在法庭上主动出示了信的原稿，

---

① 神话中的美少年。

想要阐明真相,你父亲的律师却指斥我心思龌龊、图谋不轨,意在玷污收信人无瑕的天真。最终它成了我的罪状之一,法院接受了这一证据,法官一套总结,却是礼教多、学识少,再最后,我因它进了监狱。这就是给你写了封优美的信的下场。

我和你在索尔兹伯里时,你收到一封恐吓信,是你一个已经绝交的朋友写来的,你惊骇万分,求我帮帮你,去见那写信人。我照做了的后果就是毁灭。我不得不将你所做的一切揽到自己身上并付出代价。你没能拿到学位,所以必须离开牛津,你发电报到伦敦求我来接你。我立刻照做了。你请我带你去戈灵,因为你不想在那种情况下回家。在戈灵你看上了一套漂亮的房子,我为你租了下来,我的后果,不论怎么看,都是毁灭。一天,你以个人名义找我帮忙,让我为牛津一份本科生刊物写篇文章,这份刊物是你一位我从未听说也毫不了解的朋友要办的。为了让你高兴——为了让你高兴,我不是一贯什么都做得出来吗?——于是我将一页本要发给《周六评论》①的悖论警句寄给了他。不想几个月后,我就因杂志的性质站在了老贝利街中央刑事法庭的被告席上,这件事后来也成了我的罪状之一。我被传去为你朋友的文章和你自己的诗做辩护。前者我无法辩解,至于后者,我对你年轻的文字和你年轻的生命一样忠诚到底,苦苦地、激烈地辩驳,绝

---

① 1894年12月,由 群牛津本科生创办的杂志《变色龙》刊登了王尔德所作的35条警句。如书中所说的审判中,这些警句与同一杂志刊登的道格拉斯的诗歌《两种爱情》(其中一句便是"不敢言明的情爱")都成为对王尔德不利的证据。《周六评论》是维多利亚时期的一本杂志,王尔德曾在上面匿名发表过另外一组警句,共19条,题为《致学识过多者的几条格言》。

不承认你写的东西有任何下流之处。可最终,我还是进了监狱,为了你朋友的本科刊物,还有你那首"不敢言明的情爱"。圣诞节我送给你一件"很漂亮的礼物",你在感谢我的信里这样形容它,还一口咬定它的价值不过40英镑,顶多50英镑。当我生活崩塌并且破产之后,法院的执行官没收、出售了我的藏书,就是为了抵偿那件"很漂亮的礼物"的欠款。正是为了它,破产令才在我家执行。在最后险恶的关头,我被你百般嘲弄,终于对你父亲采取行动,申请将他逮捕,而我为了逃避而紧紧抓住的最后一根救命稻草,就是那笔可怕的开支。我当着你的面告诉律师,我没有现款,完全支付不起那骇人的费用,我手头已没有任何钱了。你很清楚我的话不假。那个致命星期五①,我本不用在汉弗莱的办公室②垂头丧气地同意破产,而可以在法国过着逍遥自在的日子,远离你和你的父亲,看不到他恶心的卡片,也不理会你的来信——只要我离开了阿万达宾馆。可宾馆的人无论如何不许我走。你和我在那里住了十天,后来,你还请来一位朋友和我们一起住下,我自然非常生气。这十天下来,我要付的账单就接近了140英镑。房东坚持,不把账全数付齐,我就不能带着行李离开。我就这样被困在了伦敦。若不是因为宾馆的账单,我周四一早就去巴黎了。

我告诉律师自己没有钱负担申请逮捕令的高昂费用,你立即插了话。你说你的家人会很乐意支付一切相关款项,你父亲像梦魇一样搅扰着所有人,一家人经常谈起要将他送进疯人院、别再碍事才好,

---

① 指1895年3月1日。当天,王尔德在警察局对昆斯伯里侯爵提出了正式指控。
② 查尔斯·O.汉弗莱(1828—1902),王尔德三次审判中的辩护律师。

他天天惹你母亲和所有人心烦，只要我站出来让他就此闭嘴，我就会被你一家当作他们的卫士和恩人，而那时，你母亲有钱的亲戚就会乐意付清这个过程中产生的所有开支。律师立即结束了讨论，我被催着赶到了警察局。我没有不去的理由了，我是被迫的。你家当然没有付钱，我破了产，让我破产的是你的父亲，更是那笔诉讼费——那不起眼的一小笔钱，也就在700英镑左右。同时，我的妻子因为我每周的生活费该是3英镑还是3英镑10先令这一重大问题和我产生了隔阂，正准备提起离婚诉讼，这自然又需要新的证据和新的官司，随后或许又是更多严肃的程序。我自然不知道任何细节，只知道证人的名字，我妻子的律师采用的证词就是他提供的。他就是你在牛津时的佣人，我们在戈灵的那个夏天，我应你的要求将他雇了下来。

可我真的不用继续列举了，你就这样通过大大小小的事情给我带来了莫名其妙的厄运。有时我会觉得，你本身似乎只是一个傀儡，被一只无形、神秘的手操纵，将可怕的事件引向更加可怕的局面。但傀儡也有自己的欲望，他们会在本来的情节里再添加新的曲折，将原定的变迁兴衰扭曲颠倒，以满足自己的兴致或口味。完全自由，又同时完全被法律主宰，这就是我们每时每刻都在体会的人生永恒的悖论。我常想，这就是你性格的唯一解释——假使人类灵魂这一高深莫测、令人生畏的谜题背后，除了更不可思议的谜团以外，还能有任何解释的话。

当然，你有你自己的错觉，准确地说，你活在了错觉之中，并透过它们流动的雾霭和彩色的纱幕看着完全走样的世界。我记得很清楚，你以为你随时随地同我一起，完全脱离家人和家庭生活，就证明了你对我无比的喜爱和深厚的情谊。从你的角度看来，这无疑很有道理。但请记住，"同我一起"意味着奢侈的享受、阔绰的生活、无尽的玩乐、无限的挥霍。你的家庭生活让你无聊。用你自己的话说，"索尔兹伯里廉价的冷酒"让你厌恶。同我在一起，你不仅享有我学识的魅力，还能拥有所谓"埃及肉锅"①，饱足你的声色之欲。而当你无法同我一起时，你用以代替的同伴就让人不敢恭维了。

你还以为，向你的父亲寄去一封律师函，声明你宁愿放弃他每年给你的250英镑的零用钱——我相信这还是减去你在牛津的债务以后的数额——也不拒绝与我断绝关系，他当时正让你践行朋友应有的侠义行为，做出了最为崇高的自我牺牲。可是，你不要这笔小钱，不等于你准备放弃任何一项你最为奢侈的享受，或是最虚浮的纸醉金迷。正相反，你从未像当时那样大手大脚地追求奢华。在巴黎的八天里，我为自己、为你和你的意大利佣人支出了近150英镑，巴亚餐厅的花销就占据了85英镑。以你的生活方式，哪怕你只单独进餐，并且格外节省，只选择较为低廉的娱乐方式，你一年的收入不到三周就会花得精光。事实上，尽管你只是假装豪气才放弃了那笔零用钱，却终于有了充分的理由依赖我的钱生活，至少你认为理由充分。许多次，你也当真利用了这一理由，毫无节制地加以践行。首当其冲的当然是我，但我知道你的母亲也出了一些钱，这种源源不断的消耗从未如此令人痛心，因为我从未像当时那样，连半点谢意和适可而止的意思都感受

---

① 出自《圣经·出埃及记》16:3。"巴不得我们早死在埃及地耶和华的手下，那时我们坐在肉锅旁边，吃得饱足。"指肉体上的享乐。——译者注

不到。

你还以为，给你父亲寄去恶言恶语的信件、侮辱谩骂的电报和粗鄙无礼的明信片，是替你母亲出头，捍卫她，为她在婚姻生活中经受的无疑深重的不公和委屈报仇。这委实是你的一大错觉，甚至是你最糟糕的错觉。如果你真的认为，作为儿子你有义务替母亲打抱不平，就该一改故辙，做一个好儿子，不要让她害怕与你谈起严肃的话题，不要签下移交她支付的账单，要温和地待她，而不是让她难过。你的长兄弗朗西斯，在他短暂的一生中，就曾以自己的温情和良善大大安慰了她的苦痛。你应该以他为榜样才对。你以为，如果你真的借我将你父亲送进监狱，你母亲会欢欣鼓舞，可这想法本身就已经大错特错。我相信你错了。假如你想知道一个女人在自己的丈夫身穿囚服陷于囹圄时的真实感受，就请写信给我的妻子，问问她吧。她会告诉你。

同样，我也有过错觉。我以为生命会是一出精彩的喜剧，你则会是众多风雅角色中的一位。结果我发现它是一部可厌、可恶的悲剧，那大灾的险恶源头则因目的之单一和意志之专注而倍显险恶。这源头正是你本人，一度戴着欢娱的假面具，骗了我也骗了你自己，直到最后才显出真容。

你现在多少能明白我的痛苦了吧？一份报纸，大概是《帕尔摩尔公报》，在描述我一部剧的带妆彩排时，曾说你就像我的影子一样跟随着我。在狱中，我们昔日友谊的回忆也一样如影随形，似乎永远无法摆脱。它在夜里将我唤醒，一遍遍地讲述同一个故事，直到那烦不胜烦的重复驱走了睡眠，睁着眼直到天亮。早上，它重新开始，跟着我走进监狱的院子,让我踽踽行走的同时自言自语。我被迫忆起每个不堪回首的瞬间的每个细节,那些不幸年月中发生的桩桩件件,我都能在脑中专属于悲痛和绝望的小室里重现:我又看见你的双手每一次神经质的抽搐与挥动,又听见每个尖刻的词语、每句恶毒的话;我记得我们经过的街道与河流、我们周围的墙壁和树林、风的翅翼飞往的方向、月亮的形状及色泽。

  我知道,对我所说的这一切,有一种回答,那就是你爱我。那两年半的时间里,当命运将我们本无交集的生命线编织成一幅鲜红的图案时,你真的一直爱着我。是了,我知道你爱我。无论你如何待我,我总是感觉,在你的心里,你真的爱我。诚然,我清楚,我在艺术世界的地位、我个性的吸引力、我的财富、我奢侈的生活方式,所有组成我引人入胜又不可思议的生活的一千零一种要素,都是你为我着迷、依附于我的原因,但是在这些之外,还有某种东西,某种奇怪的吸引。你爱我远胜于爱其他任何人。可你和我一样,生活中含着一部悲剧,只是性质和我的正相反。你想知道那是什么吗?那就是——你的仇恨总是比爱要强大。你对父亲的仇恨是那样强烈,彻底超越、颠覆、遮蔽了对我的爱。二者之间完全没有,或只有过一点微不足道的搏斗,因为你的仇恨太过庞大,又好像怪物一般扩张。你不知道,一个灵魂无法同时盛放这两种激情。它们不能在那精雕细刻的屋舍共生。爱以想象为生,令我们比自己所知的更明智、比自己所想的更好,比自己的从前更高尚。爱,也只有爱,让我们通过真实和理想的关系看清他人。只有本身美好或源自美好的事物才能滋养爱,但一切都能滋养仇恨。那些年,你喝下的香槟、奢侈的餐饭,没有一杯一盘不是成了仇恨的养料，助它滋生壮大。于是，为了满足它的需求，你用我的生活赌博，就像用我的金钱赌博一样，毫不在乎、毫无顾忌、不想后果。你以为，如果你输了，损失也不在你。但你知道，如果你赢了，胜利的快感和好处便属于你。

仇恨让人盲目，你尚未明白这一点。爱能让人看清写在最遥远星辰上的字迹，但仇恨蒙蔽了你的双眼，使你除了你狭小、囿于高墙、因纵欲而枯萎的种满庸俗欲望的花园以外，再也看不到更远的东西。你极度缺乏想象力，这是你唯一真正致命的性格缺陷，也完全是你心中的仇恨所致。仇恨渐渐地、悄悄地、秘密地侵蚀着你的性格，就像苔藓啮噬柳树的根，直到你眼里只剩下最琐碎的利益和最低劣的目的。你心中本应由爱栽培的天赋，都被仇恨荼毒、麻痹了。你父亲最开始攻击我时，他在给你写的一封私信中将我视作你的密友。我一读到那封信，其中下流的威胁和粗俗的攻击就让我立即意识到，一种可怕的危险已降临在我本就不安稳的生活中，正在地平线上窥伺。我对你说，我不要卷进你们父子间的宿仇，成为你们缠斗的棋子；比起在洪堡的外交大臣，我留在伦敦肯定是更大的目标；将我置于这样的境地哪怕一分一秒都是极不公平的；比起与他那样一个终日酗酒、自辱身份的蠢人争来吵去，我还有更好的事情可做。可你全都听不进去，仇恨让你盲目。你坚称你们的争执同我没有半点关系，你绝不允许你父亲支配你的私交，让我插手更是不公平。你与我谈起此事之前，已经给你父亲寄去了一封愚蠢、粗鄙的电报作为回应。你当然还制订了一套愚蠢、粗鄙的后续计划。一个人犯下致命的错误往往不是因为他没有理智思考；一时的不理智也可能是电光石火、灵机一动。

那些错误的祸根正是源自逻辑思考。两者之间天差地别。那封电报奠定了你和你父亲自此之后的关系,也因此影响了我的一生。而荒谬的是,连最粗俗的街头混混都会耻于写出那封电报的内容。无礼的电报自然而然地演化成盛气凌人的律师函,而你的律师写给你父亲的信当然只激得他变本加厉。你让他除了继续攻击别无选择。你以荣誉——或不如说耻辱——相逼,以此让你的挑衅更有分量。所以他下一次攻击我时,就不再管什么我是你的密友、写什么私信了,而是将我作为公众人士,选择了公开的场合。我不得不将他赶出我的家。他到一家接一家的餐厅找我,好当着全世界羞辱我,让我反击也会身败名裂,不反击同样会身败名裂。那时不正是你站出来,说你不会任我因你而遭受如此恶劣的攻击、如此骇人的潜害,因此愿意即刻停止与我交往的时候吗?我猜你现在这样想了。但当时你根本没有这样的念头。仇恨让你盲目。你能想到的,(当然是除了寄去辱骂他的信件和电报以外)就是十足荒唐地买了一把手枪,在伯克莱餐厅开火,制造了你闻所未闻的巨大丑闻。想到你父亲和我这样地位的人因你而争执不休,你好像非常高兴。我猜,这自然满足了你的虚荣,助长了你的自负。到头来,你父亲或许可以分得我不感兴趣的部分,也就是你的身体,我则可以分得他不感兴趣的部分,也就是你的灵魂,可这解决方式对你却很不便利。你嗅到了公众丑闻的味道,就扑向了这次机会。你身处战斗中心却安然无恙,这个念头让你非常高兴。整个夏天你都兴高采烈,我从未见你有过那样好的兴致。似乎唯一让你失望的就是没有发生什么大事,我与你父亲没有再见面,也没有吵个地覆天翻。于是你给他发电报过瘾,气得那倒霉的人写信说,他已经命令佣人再不准以任何名义给他送去任何电报。你没有就此收敛。你发现了明信片提供的大好机会，便充分利用了这种新方式。你照旧纠缠不休，逼他出手。不过，我认为他从未真正放弃——他身上家传的天性太强了。他对你的仇恨和你对他的仇恨一样不可动摇，而我成了你们博弈的借口、武器和掩护。他不惜以恶事扬名的疯狂不只是个性使然，而是家族的特征。不过，假使他的劲头真有一时松懈，你的信和明信片也会很快把它激发到从前的高度。此话不假。他越来越过分，以私人名义私下侮辱过我，又在大庭广众之下公开攻击了我，他最终决定在上演我艺术作品的地方对我的艺术家身份进行决定性的猛攻。他在我一部戏剧的首演之夜冒名骗得了一张门票，谋划打断演出，对观众中伤我的人格、辱骂我的演员，并在我上台谢幕时投掷伤人或脏污的物品，处心积虑地想要通过我的作品损毁我的声誉。不巧的是，他在一次酩酊大醉时意外吐露了几句酒后真言，当着他人吹嘘起了他的计划。消息传至警察那里，他才没能进入剧场。那是你的机会，你本该抓住时机。你现在还不懂吗？你得知此事后就该站出来表态，说你无论如何不能让我的艺术因你而毁于一旦。你知道艺术于我多么重要：它是我展现自我的最根本的媒介，先是向我自己，然后向全世界；它是我生活的激情所在；它是我最深的爱，其他的爱与之相比，都像泥水对红酒，或沼泽上的萤火虫对月亮的魔镜一般相形见绌。你现在还不懂吗？你想象力的缺乏是你唯一真正致命的性格缺陷。你该做的事那么简单、那么清晰地摆在你眼前，但仇恨让你盲目，你什么也看不见。九个月来，你父亲极尽卑鄙之能事，侮辱我、谮害我，我无法反过来向他道歉。我同样无法把你逐出我的生活。我已经试了一次又一次。

为了摆脱你，我甚至离开英国去过国外，但每一次都是徒劳。你是唯一能做出改变的人，事态能否改观完全在于你的行动。这是你来之不易的机会，我为你付出了那么多的爱、深情、善意、宽容与关照，你完全可以在此时回报我些许。只要你能领会我作为艺术家价值的十分之一，就该放开我。但仇恨让你盲目。你心里那种唯一能"让我们通过真实和理想的关系看清他人"的官能已经死了。你一心只想着如何把你父亲送进监狱。用你常说的话就是将他"弄上被告席"，那是你仅有的念头。这话成了你时时挂在嘴边的调子①，一日三餐次次重提。你的心愿实现了，仇恨满足了你所有的希望。对你，它真是个慷慨的主人。当然，它对所有侍奉它的人都很慷慨。连着两天，你都和法官一起坐在高台上，尽情欣赏你父亲站在中央刑事法庭被告席的样子。第三天，我顶替了他的位置。怎么回事？在你们丑恶的仇恨赌局里，你们两人都要我的灵魂，骰子掷出，你输了。仅此而已。

你看，我不得不把你自己的生活讲述一番，但你必须看清那段过去。到如今，我们已相识四年多了，其中一半时间我们待在一起，另一半时间，我则因我们的友谊待在监狱。你会在哪里收到这封信——如果它有一天真的会寄到你的手上——我不知道。罗马，那不勒斯，巴黎，威尼斯，留住你的一定是某座临河或临海的美丽城市。你的四周如果不是曾同我享受的那种无用的奢华，也一定是各式能取悦视觉、听觉和味觉的事物。对你来说，生活一定很美好。然而，如果你是个明智的人，并且希望发现生活中更多美好，希望以另一种方式看

---

① 原文为法语，指无趣的话，陈词滥调。

待生活，你就会将阅读这封伤人的信——我知道它伤人——作为你生命中一次重要的危机和转折点，正如我看待自己写信的经历。你苍白的脸颊曾经很容易被醉意或欢娱染红。如果，在阅读这封信的内容时，你的脸也会似被炉火爆出的火花烧燎一般，时不时因羞耻而烧红，你会受益匪浅。最大的恶习莫过于肤浅。凡事只要认清了，就对了。

我现在要说到拘留所了，对吗？在警察局过了一夜后我就被囚车送到了拘留所。你殷勤又体贴，直到你出国，几乎每个下午——如果不是大天下午——你都会不厌其烦坐马车到霍洛威①来看我。你也写了许多温柔亲切的信。但你一刻也未曾意识到，将我送进监狱的不是你的父亲，是你，自始至终你才是过错者，我沦落到那里，起因是你、为的是你、推手也是你。即使是我被关在木笼里的景象也没能让你那僵死的想象力活动一分。你就像一出煽情戏的观众，带着同情和感伤望着舞台，却丝毫没有想到自己就是这可怕悲剧的始作俑者。我知道你根本没有意识到自己所做的一切。我不愿告诉你这些，这本应由你自己领悟，如果你没有任由仇恨将你的心变得坚硬、冷漠，它会告诉你的。凡事只有通过出自本心的领悟，才能对人产生影响。告诉一个人他感觉不到也理解不了的事等于白费力气。现在，我之所以给你写信，是因为你在我漫长监禁中的沉默与作为让我感到了这样做的必要性。而且，最终承受打击的只有我自己。这不失为令我欣慰的一件事。出于很多原因，我甘心受苦，但在我眼中，你彻底、执拗的盲目

---

① 1895年4月6日至26日，第一次审判王尔德时，关押王尔德的监狱。

总是很有些可鄙的意味。我记得你得意扬扬地向我展示过一封你写的关于我的信，你把它发表在了某家半毛钱都不值的报纸上。那着实是一篇语言稳妥、有节制、相当平庸的文字。你代表一个"**失势之人**"呼吁大众表现出"**英国人的公道**"之类空洞无趣的东西。若是哪位你只有耳闻的体面人遭到了令人痛心的指控，那封信同样适用。但你觉得写得极好。在你看来，它彰显了某种几近堂吉诃德式的骑士精神。我知道你还给其他报纸寄去了其他的信，但没有得到发表。毕竟那些信说的只是你恨你父亲。没有人在意你恨不恨他。你必须认识到，仇恨是智识永恒的天敌。对情感来说，它则是一种萎缩的形式，最终会杀灭自身以外的一切。给报纸写信说自己仇恨某人，就好像是给报纸写信说自己得了某种可耻的隐疾。你恨的人是你的亲生父亲，你的父亲同样恨你，这种情况并不会使你的仇恨显得多么高尚或美好。如果这真的显示了什么，那也只是说仇恨在你家是一种遗传疾病。

  我还记得，当破产令在我家执行，我的藏书和家具都被没收、登了广告准备拍卖，我破产在即时，我自然地写信告诉了你。我并未提起，我是为付清给你的某件礼物的钱，才让执行官进入了这所你常光顾进餐的房子。我理所应当却又错误地以为，我破产的消息多少会令你难受。我在信中只写明了不加渲染的事实。我认为你应该了解实情。你从布洛涅回复了一串近乎诗意的兴奋之语。你说你早知道你父亲"手头吃紧"，为了官司不得不四处筹措1500英镑，我在此时破产真是"成功扳倒一局"，因为这样他就没法从我这里拿回一分诉讼费了！你现在知道仇恨是如何让人盲目了吗？你现在看出了吗？我将它描述为一种萎缩，会毁灭自身以外的一切，是在科学地描述一种真实存在的心理症状。我所有那些喜人的物品统统要被拍卖——我收藏的伯恩·琼斯的画作、惠斯勒的画作、蒙蒂切利的画作、西缪·所罗门的画作，我的瓷器，我的藏书，包括当代所有诗人的作品样书，从雨果到惠特曼，从斯温伯恩到马拉美，从莫里斯到魏尔伦，还有我父母装订精美的作品，从中小学到大学的所有奖项、精装书籍，等等——你却无动于衷。你说那真是扫兴，仅此而已。你唯一在意的是，你父亲可能因此损失几百英镑，念及这区区一笔花费你就欣喜若狂。至于诉讼费，你或许会乐意听说，你父亲曾在奥尔良俱乐部公开说，哪怕他用两万英镑打下这场官司，也觉得值得，他可是痛痛快快、高高兴兴地赢得了一场胜利。他让我入狱两年，还让我在一个下午内公开破产，简直是锦上添花的意外之喜。那是我耻辱的巅峰，也是他大获全胜的完美时刻。假如你父亲没有图谋让我承担他的诉讼费，我清楚，至少在笔头，你一定会对我痛失藏书深表同情——这对一位文学家而言是无法挽回的损失，比失去其他财物都更令我痛心。你甚至可能想到我为了你出手如何大方，几年来供给你的生活，因此乐意为我购回部分书籍。我藏书的精华以不到150英镑的低价卖出，不过是我与你平时一周的开销。可是，想到你父亲兜里会少上几个便士，刻薄而渺小的喜悦就让你忘记了自己可以给我一些回报——微不足道、易如反掌、成本不高、显而易见的方式，但对我意义重大。但你没有那样做。我说仇恨使人盲目，是对的吧？你现在明白了吗？如果还没有，努力领会吧。

  不必说，当时我就看清了这个道理，现在也一样。但我对自己说："无论如何我必须保留住心里的爱。如果进监狱时丢了爱，我的灵魂会变成什么样？"我从霍洛威写给你那些信，都是为了留住心中的爱，让它在我的性格中保持主旋律。我可以选择怨你，骂得你体无完肤。我可以用恶言詈辞将你鞭挞，可以对你举起一面镜子，让你看着你自己都认不出的面貌，直到它模仿出你恐惧的样子时才意识到那是谁的影子，让你以余生来憎恨那个镜像和镜子外的自己。我还可以做很多很多。我是在抵偿另一人的罪恶。只要我愿意，我就可以在两场审判中的任意一场将那人挡在我前面，即便逃脱不了一场羞辱，也能免于牢狱之灾。那些原告证人，也是三位最重要的证人，受过你父亲和他的律师的精心指导，既知道如何保持缄默，又懂得主动出击，经过周密的策划、谋算和排演，完完全全将另一人的所作所为转嫁到了我的头上，如果我有心证明，就能使法官把他们一个个赶出证人席，比驱赶那做伪证的小人阿特金斯还要迅速。那样，我就能口里开着玩笑，两手插着衣兜，作为自由人走出法庭。多少人极力劝我那样做，全心全意为我和家人着想的人真心地建议我、恳求我、央告我，但我拒绝了。我没有做出那样的选择，但我也一刻未曾后悔，即使是在监禁生涯中最痛苦的时期。那样的做法不符合我的身份。肉体的罪恶算不得什么，如果它们真的应当被治愈，也是应由医生费心的病症，灵魂的罪恶才是可耻的。以如此手段争得我的无罪开释会令我余生都受到良心的折磨。但你真以为自己配得上我当时展现出来的爱吗？或以为我，哪怕有一瞬间，以为你配得上？你真以为在我们友谊的任何一个阶段，你曾有配得上我的爱的时候，或以为我，哪怕有一瞬间，以为你配得上？你配不上，我心里有数。但爱不是市场里倒买倒卖的商品，也无法用小贩缺斤短两的秤来衡量。爱的喜悦，与心智的喜悦一样,在于感受自身的存在。爱的目的是爱本身,不多也不少。你是我的敌人,从未有人有过你这般的敌人。我把生命都给了你,而为满足所有人类欲望中最为低贱、可鄙的品类——仇恨、虚荣和贪婪——你把它抛却了。不到三年时间,你已从各个方面毁掉了我。为了我自己,我除了爱你别无选择。我那时就知道,如果我允许自己恨你,那么,在生活这片我不得不跋涉且如今仍在跋涉的大漠中,每块岩石都将不再有庇荫,每棵棕榈树都将枯萎,每口水井都将自源头染上毒素。你现在明白些了吗?你的想象力从它长长的昏睡中苏醒些了吗?你已经知道什么是仇恨了。你开始明白什么是爱和爱的本质了吗?现在学起来还不太晚,即使为给你上这一课,我或许必须进这一遭监牢不可。

可怕的刑罚宣判完毕,我换上囚衣,狱门关上之后,我坐在自己精彩生活的废墟中,悲哀压倒了我,恐惧使我迷茫,痛苦令我恍惚。但我不愿恨你,每天我都告诫自己:"我今天必须保住心里的爱,不然我怎样活过这一天?"我提醒自己,你没有恶意,即便有也不是针对我。我决意认为,你不过是随意拉弓放箭,箭矢正巧插进两片护甲之间,才射伤了一位国王。即使是用我最微小的痛苦、最细碎的损失与你权衡轻重,我仍感觉对你不公。我决心将你也看作一个受苦的人。我强迫自己相信,你盲目许久后终于看清了真相。我一度不无心痛地幻想,你思量着自己一手导致的可怕结果,该有多么惊惧。即使在那些黑暗的日子里,在我此生最黑暗的日子里,我仍有时会渴望为你提供安慰。我如此确信你已看清了自己的所作所为。

我当时万万没想到你沾染了最大的恶习——肤浅。我不得不告诉你，虽然我很难过，但我第一次收信的机会必须用于处理家事：我的妻舅来信说，只要我写一封信联系我的妻子，她就会为了我和孩子们放弃离婚诉讼。我感到有义务照做。且不提其他原因，我无法想象与西里尔分开。我美丽、体贴又可爱的孩子，是我最亲的朋友、最好的伙伴，对我来说，他小小脑袋上的一根金发，岂止比你整个人都珍贵，比全天下的贵橄榄石都珍贵得多。的确，一直都是这样的，只是我明白得太晚了。

你申请去法国两周后，我听到了你的消息。罗伯特·谢拉德——世上最勇敢、侠义的出色人物——前来看我。他告诉了我许多事情，其中一件就是，你打算在荒唐的《法兰西信使》——那矫揉造作、文学腐化的真正中心上发表一篇关于我的文章，还要附上我的信件。他问我，这是不是真的经过了我的委托。我大吃一惊，同时十分恼怒，要求马上停止这件事。你曾将我的信件随手乱放，让它们被狐朋狗友偷去敲诈，被酒店佣人顺手牵羊，或是被家里的女佣拿走卖掉。那只是因为你对我写的东西不会欣赏，毫不在意而已。但现在你竟认真提出从余下的信件里选出一些发表，简直是难以置信。你选的是哪些信，我无从得知。那是我第一次听说你的消息，我非常不快。

第二条消息很快传来。你父亲的律师出现在监狱，亲自为我送上了破产通知书。把我逼至破产的只是区区700英镑，是他们扣税后的诉讼费。我被裁定公开破产，无力偿还，需要出庭。我当时和现在都强烈认为，以后也会重提：这些款项应该由你的家人承担。毕竟你自己信誓旦旦地声明你的家人会那样做。正是这个缘故，我的律师才接手这桩案子。这完全是你的责任。即使你从未代表家人做出承诺，你也理应感到，给我带来了这样的灾祸之后，你至少应帮我避免这额外的耻辱，让我不必为一笔不足挂齿的小钱破产——那笔钱还不及我在戈灵那短短的夏日三月为你花费的一半。但关于钱的事，我在此不多说了。我不必隐瞒，我确实通过那位律师的书记员收到了你关于此事的一条口信，起码也算与此事相关。那天他来取我的证词和声明，他从桌子那边倾过身来——狱卒也在场——从衣兜里抽出一张纸条看了看，然后低声对我说："百合花王子让我转达他的问候。"我怔怔地望着他，他重复了一遍。我不解其意。"那位先生现在在国外。"他神神秘秘地补充了一句。我恍然大悟，我记得，那是我入狱后第一次也是最后一次大笑。全天下的嘲讽都在那一笑中了。好个百合花王子！我意识到——后来的事情也证明我想得没错——这发生的一切并没有让你明白分毫。在你眼中，自己仍是一出平庸喜剧里的优雅王子，不是悲剧中一个压抑的人物。对你来说，这所有事情不过是一根插在帽子上的羽毛，点缀着狭隘的脑袋，是给紧身上衣提色的一朵粉花，掩盖着只有仇恨才能温暖、见到爱就寒凉的心脏。好个百合花王子！你用假名与我联系当然没有问题。毕竟那时的我连名字也没有了。在关押我的庞大监狱中，我只是一道长长走廊中一间小牢房门上的数字加字母，一千个了无生气的序号之一，一千条了无生气的生命之一。但在真实的历史中，肯定有许多真实的姓名更适合你，能让我立即听出是你吧？我并未想到你会戴上只适合滑稽假面舞会的花哨面具，而我需得在亮片后面找寻你的影子。啊！假使你的灵魂为悲哀而伤痛，因悔恨而沉重，因痛苦而谦卑——可以说，为追求完美，你的灵魂本该这样——它就不会选择在这种伪装的隐蔽下进入这痛苦的领地！生活中伟大的事，实质和表面都是一回事，你听起来可能觉得奇怪，但正因如此，大事常常难以看透。相反，生活中的小事总是带着更深层的意味。我们最容易通过小事吸取惨痛的教训。你看似随意地选了一个假名，但它当时便有、现在仍具有象征意义。它反映了你的内心。

六周后我收到了第三条消息。我生了重病，一直在病房卧床，典狱长把我叫到他那里，传达了你的特别口信。他读了你写给他的一封信，信中说，你要在《法兰西信使》上（"该杂志"出于某些不可言喻的缘故，你补充道，"类似我们英格兰的《双周评论》"）发表一篇"探讨奥斯卡·王尔德先生一案"的文章，期待我能允许你公开部分信件及选段——哪些信呢？是我从霍洛威监狱写给你的信！那些信本应被你看作比世间一切更加神圣、私密的物品！你竟想将那些信发表出来，让好逸恶劳的颓废者看个热闹，给哗众取宠的八卦写手[①]提供材料，供拉丁区的小名流目瞪口呆地赏玩！哪怕你自己心里没有任何一点良知疾呼着反对这等粗鄙的亵渎，你也至少该记起那首十四行诗，品一品我这写信的人看到约翰·济慈的信件在伦敦公开拍卖时多么悲伤又鄙夷，并且最终理解我字里行间的真正意思：

  我想他们不爱艺术
  他们拆碎诗人的水晶之心

[①] 原文为法语，指专门创作轻松幽默、耸人听闻的故事的报纸写手。

> 任由病态的小眼睛审视，带着恼火或自得。①

你那篇文章想要表明什么呢？是要表明我对你太过亲近了吗？巴黎的浪荡子早已知道了。他们都读过报纸了，上面的文章就是他们中不少人写的。是要表明我是个天才吗？法国人都清楚这一点，也理解我独特的才华，比你了解，或比你该了解的还要多。是要表明出众的才华常常伴随着一种情感和欲望上的怪癖？可敬的尝试，但这是龙勃罗梭②的研究范畴，不是你的。况且，上述病理现象在没有才华的人中也很常见。你是要表明，在你与你父亲的战争中，我同时充当了你们两人的盾和矛吗？还是要表明，那场战争结束后，在对我生活的残酷追猎中，若不是你早已将网布在了我的脚边，他永远也不可能得手？千真万确，但我听说亨利·鲍尔③已经在他的文章里极好地说明了这一切。何况，若你真的想要证实他的观点，你也没有必要公开我的信件，至少无须公开我在霍洛威监狱所写的那些。

你会回答说，是我在霍洛威写的一封信中求你尽量在一小部分世人面前证明我的清白？诚然，我这样写了。想一想我是如何、为何到达此时的境地。难道你以为，我是因为和那些原告证人的关系才到了这里吗？我和那类角色的关系，不论是真是假，都不是政府和社会所关心的。这二者对我的交往一无所知也毫无兴趣。我陷在这里，是

---

① 出自王尔德的十四行诗《记拍卖济慈情书》。
② 即切萨雷·龙勃罗梭（1836—1909），意大利医生、犯罪学家。他的著作《犯罪人论》和《女性犯罪人》，在欧洲有着非常深远的影响。
③ 一位影响颇广的法国文学及戏剧评论家，曾在王尔德获刑后发表文章为他声援。

因为我企图将你的父亲送进监狱。当然,我失败了。我自己的律师放弃了辩护。你父亲扭转乾坤,反把我关进了监狱,至今仍在监狱。为此我才受到了轻蔑,为此才有人鄙视我,为此我才要服完我可怕的徒刑,一天接一天、一小时接一小时、一分钟接一分钟。为此我的上诉才被驳回了。

只有你能在不受讥刺、危险或指责的前提下,使整个事件呈现另一种色彩,转变人们的看法,在一定程度上揭示真实的情况。我当然不指望,也不希望你说明当初在牛津陷入困境后,你是怎样、为了什么目的来求我帮忙,或者说明你是为了什么目的——如果你真有目的的话——近三年几乎寸步不离我的左右。我不断试图斩断这场对我,不论是作为艺术家、一个有地位的人,还是社会的一员都百害而无一利的友谊,但你不必像我在这封信中所写的这样,把其中的经过都悉数公开。我也不想要你描述你隔三岔五、简直必不可少的大吵大闹;或在报纸上登出你写给我的精彩绝伦的电报集锦,把那情话中混杂着要钱的古怪交流公之于众;或如我不得已的做法,从你的信中摘录出尤为可恶或令人寒心的片段。然而我仍旧觉得,假如你多少对你父亲编造的故事表示了一些反对,于我于你都会是有益的。在他口中,我俩的友谊既怪异又有毒,描述你的话有多么荒唐,描述我的话就有多么污蔑。而如今他的这版故事已然被纳入正史了。它被四处援引、深信不疑、细细记录。牧师将它收录进布道文中,道德家则用它填充自己空洞的大道理。而我,曾打动男女老少的我,却要接受一个未开化的蠢人的裁定。在前文我曾说,你父亲将成为主日学校课文里的英雄人物,你将与婴孩撒母耳齐名,而我则会与吉尔・德・莱斯和萨德侯爵并列，我承认我说这话时多少带着些怨愤。但我敢说这样是最好的安排。我没有什么好抱怨的。一个人在监狱中能学到很多，其中一点就是，眼前万事由不得自己，未来同样由不得自己。同样我也深信不疑：那人人避之不及的中世纪恶人和《贾斯廷》的作者①会比《桑福德和默顿》②更好相处。

你父亲通过律师给出的说法，全然是为了教化昏聩的众人，但给你写信时，我认为，不接受他的说法，对我们两个人来说都会是一件好事，是应当、正确的事。因此我才请你想一想，写下更接近事实的情况。至少，比起给法国报纸乱投一些关于你父母婚姻生活的拙劣文章，对你更有好处。你父母的婚姻幸福与否，同法国人有什么相干？对他们来说，再找不出比这更加无趣的话题了。他们感兴趣的是，我这等出色的艺术家，以我为化身的学派与运动深刻地影响了法国思想的发展方向，这样一个人怎会过上那样的生活，做出那样的事来。恐怕在无数封信中，我都曾提到你如何毁了我的生活，提到你任由几近疯狂的怒火控制你，伤害你也伤害我，提到我渴望，不，是决意结束这段全然致命的友谊。你若提出在你的文章中公开这类信件，我还能够理解，虽然我仍不会准许。法庭上，你父亲的律师为抓住我话中前后不一的地方，出其不意地出示了我在1893年3月写给你的一封信。我在信中写道，你不断的大吵大闹令人厌恶，你自己却似乎乐在其中，我宁可"受全伦敦的房东的敲诈"也不愿再忍受这样的折磨。我同你

---

① 指吉尔·德·莱斯和萨德侯爵。——译者注
② 《桑福德和默顿的故事》是一本童书，作者是托马斯·戴。这本书出版于18世纪80年代，直到19世纪仍很受欢迎。

友谊的这一面就这样意外地暴露在了公众面前,供其审视,我真的十分难过。但是,你对珍稀、脆弱、美好之物如此迟钝,全不敏感,更不理解。我竭力将爱的精魂留在那些信中,也通过那些信件将它留在我的心里,希望在我肉身受辱的漫长时日里也能让爱常驻我的体内,而你竟想将它们公开发表。这在当时和现在都对我造成了最深切的痛苦和最刻骨的失望。至于你的动机,我恐怕再清楚不过。若说仇恨让你盲目,那么虚荣则用铁线缝住了你的眼睑。那种唯一能"让我们通过真实和理想的关系看清他人"的官能,已被你狭隘的自傲磨钝,因长期弃用而失效了。你的想象力已同我一般被禁锢在了囚室里。虚荣给囚室的窗棂安上了铁条,看守者则是仇恨。

  这一切发生在前年的11月初。你与那段时间之间流淌着生活的大河,即便你尚能望穿这片宽阔的荒芜,也看不清对岸的景象了。但在我看来,那些事如此切近,不像昨天的事,却像发生在当下。受苦是一个长长的瞬间,无法以季节划分,我们只能衡量它的程度变化,记录它的深浅轮回。对我们这些受苦者来说,时间并不向前,只是原地打转,似乎总围绕着一个痛苦的圆心循环往复。生活固定不变,令人麻痹,其中的每个情境都被框在了不可移易的轨道上,让我们按照铁打的程式里僵硬的规则进食、饮水、行走、躺卧、祈祷,或至少为祈祷而下跪。这种固定不变,让每个难熬的日子里的每分每秒都同前一天一样,又似乎联系着外界那些以不断变化为本质的力量。播种与丰收,农人弯腰收割,采葡萄的人在藤蔓间穿行,果园里的青草被残花铺白或缀满掉落的果实,这些我们都毫不知晓,也无从知晓。对我们来说,一年只有一个季节:悲哀的季节。仿佛连日月也被剜出了我们的生活。外面或许是蓝天衬着金光，但爬入密封严实的玻璃，穿过头顶的小小铁窗的光线总是灰暗而又吝啬。囚室中永远只有暮色，正如囚犯心里永远暗如午夜。思想如同时间，一动不动。你早已忘记或很容易忘记的事情，对我来说却仍在进行，并且明天还将再次经历。记住这些话，你就会理解我给你写信，并且写下这样一封信的原因。

　　一周后，我被转到此处。又过了三个月，我的母亲去世了。你比谁都清楚我是多么爱她、敬她。她的离世对我打击深重。我曾是语言的巨匠，却搜刮不到一个词来表达我的悲伤与愧疚。即便在艺术生涯的巅峰时期，我也不可能找出合适的词语来承载如此可畏的重负，或组成应有的肃穆乐音，以庄严的顿挫穿透我纷杂翻滚、无法言说的哀恸。她和父亲传给我的姓氏，由他们缔造了它的高贵和光荣，不仅在文学、艺术、建筑和科学领域，在我国的公众历史和民族演进中也享有盛誉。而今，我却使这个姓氏永世蒙羞，我让它沦落成了下贱人传播的下贱笑话。我把它拖入了泥沼污秽，我把它交给了粗鄙的人，任他们把它也变得粗鄙，我把它交给了愚蠢的人，任他们把它变为愚蠢的代名词。当时的痛苦至今仍折磨着我，没有纸笔能将其付诸文字。我的妻子关照我，不愿我从事不关己或素不相识的人口中听说这噩耗，于是拖着病体从热那亚一路赶回英国，亲自以委婉的语气告知我这无法挽回、无法弥补的损失。那些对我尚存好感的人纷纷寄来了慰问，甚至一些与我并无私交的人听说我落魄的人生再添新愁，也写信要求向我转达他们的同情。只有你漠不关心，一条口信也没有捎来，一封信也未曾写过。维吉尔和但丁谈起生命中没有高尚的冲动，只有肤浅图谋的人，对你这样的做法，引用那句话最恰当不过："不要提起他们,只看一眼,走过去就罢了。"①

又三个月过去了。挂在牢房门口,写着我的名字和刑期,用来记录我每天表现和劳动内容的日历告诉我,5月到了。我的朋友又来看我。我同往常一样问起了你。他们告诉我,你住在那不勒斯的一栋乡间别墅,正在编写一本诗集。见面要结束时,他们又不经意地说起,你要将那些诗献给我。这消息似乎让我对生活感到一阵反胃。我什么也没说,带着鄙夷和轻蔑回了牢房。没有事先寻得我的准许就要把一本诗集献给我,你在做梦吗?我说了"做梦"吗?你怎么敢做出这样的事来?你会不会回答说,我在成功、出名的时候曾经同意你把早期的诗作题献给我?我确实同意了,而同样,任何初涉文学这一艰深美好的艺术的青年如此向我致敬,我都会接受。对艺术家来说,任何敬意都令人高兴,来自青年的敬意则能带来双倍的愉悦。月桂的花与叶若由衰老的手摘下就会枯萎。只有青年有权为艺术家加冕。那是年轻的真正特权,可惜青年人往往不自知。但蒙羞忍辱的日子和成功、出名的日子不一样。你还没有学到,尽管富足、欢娱和成功纹理粗糙、质感平庸,但悲哀却是天下最为敏感的造物。在思想和运动的世界中,任何一点微颤都会引起悲哀、可怕又精妙的共振。敲至纤薄的轻颤的金叶,可用来记录肉眼不可见的力量的流向,但如此精致的事物相较之下也显得粗糙。悲哀是一道伤口,除爱以外的手稍加触碰便会流血,哪怕爱也会使它流血,虽然不再是因为疼痛。

---

① 出自但丁的《地狱》第3歌第51行,"不要提起他们,只看一眼,走过去就罢了"。

你为在《法兰西信使》那份"类似我们英格兰的《双周评论》"的杂志上发表我的信件,还知道向旺兹沃思监狱的典狱长写信,征求我的同意。想要献诗给我时,不管你会把它们说得如何花里胡哨,怎么就没再给雷丁监狱的典狱长写信问问我的意见?难道是因为我前一次禁止杂志刊登我的信件?你当然很清楚,信件的版权当时是、现在也是属于我的。所以这一次,你就认为可以自己由着性子做事,把我蒙在鼓里直到来不及阻止?单凭我受辱、潦倒、被囚的身份,你若想要把我的名字写在作品集的扉页上,就应恳求我给予你这个恩惠、殊荣和特权。对待终日痛苦、忍辱偷生的人就该如此。

悲哀笼罩之地必有圣土。有一天你就会明白这个道理。不明白这一点,你对生活就一无所知。罗比和与他天性类似的人都明白。我被两名警察从监狱押至破产法庭时,罗比在凄凉的长长过道里等着我,我戴着手铐、垂着头走过的时候,他便当着众人庄重地脱帽致意,这温柔而简单的举动令全场静了下来。更微小的举动都能让人升入天堂。圣人跪下为穷人洗脚或弯腰亲吻麻风病人的脸颊,正是本着这种精神和这样的爱。我从未与他提起这件事。直到今日,我仍不清楚他是否知道我看到了他的举动。那不是一件可以用礼节性的言语礼节性致谢的事。我将它珍藏在心灵的宝库中。我将它当作一件秘密的债务,并因永远无法偿还它而高兴。无尽的泪水化作含着没药和肉桂的香膏,使它永远芳香甜美。智慧于我无用,哲思干枯荒芜,用来安慰我的格言谚语尝起来犹如灰土,但记忆中那微不足道、默默无言的爱的举动为我打开了所有怜悯的泉眼,让沙漠如玫瑰般盛放,将我带出了孤苦的放逐,使我与世界那伤痛、破碎、伟大的心脏一同生息。如果你能够理解罗比的举动的美好,并理解它为何对我意义重大,而且将永远意义重大,那么,你也许就会明白,你应以怎样的方法、本着怎样的精神,请求我允许你献诗给我。

我必须说明,我无论如何也不会接受你的献词。如果在不同的情形下,你问我,我会很高兴,但不管高兴与否,我仍然会拒绝你,那是为你好。一位年轻人在青春时献给世界的第一部诗集应如春日的花朵、如莫德林学院草坪上的山楂树,或卡姆诺尔原野上的黄花九轮草。一出可怕、可厌的悲剧和一桩可怕、可厌的丑闻不是它应该背负的重担。我要是允许自己的名字为那本书的问世引路,就犯下了严重的艺术性错误,会给全书带去一种错误的氛围,而艺术氛围在现代艺术中十分重要。现代生活是复杂的、相对的,二者是它最具代表性的特点。要表现前者,需要有微妙的层次、联想和奇异视角制造的氛围;要表现后者,则需要背景。正因此,雕塑不再属于再现艺术,而音乐属于再现艺术,文学则从古至今直到未来都会是最顶级的再现艺术。

你那本小书应该散发着西西里或世外桃源的情调,不是刑事被告席那瘟疫般的脏污或囚牢里恶浊的空气。而你想要的献词不仅是艺术品位的错误,从其他角度看来,它完全称得上不堪。它会显得你在我被捕后并未有任何收敛,它会让旁人感觉,你在愚蠢地虚张声势,装出那种在龌龊的小街巷中被贱卖贱买的勇气。就我们的友谊而言,复仇女神已将你和我都像苍蝇一样打垮了。当我身陷囹圄时给我献诗,很像在自作聪明地讲俏皮话。你过去爱写那些糟糕信件的时候——为了你,我真心希望你不会再像当初那样了——你常为自己编造俏皮话的功力公开表示自豪,也总为此得意吹嘘。那不会达到我认为你希望产生的严肃、优美的效果。假如你问了我,我会建议你稍稍推迟诗集的发表,或者,如果你不乐意,也可以暂时匿名发表,等你的诗句为你赢来了仰慕者——那些真正值得你赢得的仰慕者——你便能转而宣布,"是我栽种了你们欣赏的花朵,而现在,我将把它献给一个被你们鄙视和摒弃的人,献给他可爱、可敬、可慕的品质"。但你在错误的时机选择了错误的方式。爱要讲策略,文学亦是如此,你对两者都麻木不仁。

我已把这件事详细地讲了一遍,就是希望你能知道它的前后因果,理解我为什么立即写信给罗比并在信里那样鄙夷地谈起你,坚决禁止你献词给我,要求他将我描述你的内容仔细抄下来寄给你。我感觉,时机已经到了,必须让你多少了解、看到并且认识到自己的所作所为。盲目会逐渐加深可能变得狰狞,缺乏想象力的天性若不经唤醒,会僵化麻木最后如同顽石。到头来,虽然肉体还会吃喝享受,但其中承载的灵魂则会如《神曲》中勃朗卡·多利亚①的灵魂一样,先于肉体死亡。我的信似乎到的正是时候。在我看来,它就像一道霹雳当头击中了你。你在给罗比的回信中描述自己"失去了一切思考和表达的能力"。的确如此,显然你能想到的只有写信向你母亲告状。而她向来辨不清怎样才是真为你好,你们两个人的不幸都源于此,这时她自然想方设法地安慰你,大概又将你哄回了以往那可悲、不成器的状态。至于我,她告诉我的朋友,她对于我对你说的那些重话"非常

---

① 但丁《地狱》中的人物。

生气"。其实,她不只对我的朋友们表达了她的气愤,也告诉了不是我朋友的人——这样的人很多,我不用说你也知道。于是一些善心的人为你和你家行方便,通知我说,本来我出众的才华和严酷的折磨已博得了越来越多的同情,但因为此事,所有同情都化为乌有了。人们说:"啊!他先是想把那好心的父亲送进监狱,没能得逞。现在又反咬一口,把自己的失败怪在那无辜的儿子身上。我们鄙视他是鄙视对了!他活该被看不起!"在我看来,当有人在你母亲面前提起我的名字时,如果她为自己在我家的破败中所扮演的角色——不是一个小角色——说不出一点惋惜或悔恨的话,还是保持沉默更加合适。而你,比起写信给她告状,直接给我写信,鼓起勇气说出你的心里话或者你觉得是心里话的话,岂不是从各个方面看来都对你更好?自我写出那封信,已经过去了一年,你不可能"失去了一切思考和表达的能力"这么久。你为什么不给我写信?我的信让你看到你的种种表现使我多么受伤、令我多么愤怒。除此之外,它还终于将你和我的整段友谊以它原本的面目,用一种不容置疑的方式摆在了你的眼前。过去我常说你在糟蹋我的生活,每次你听了只是大笑。在我们友谊的初始,你总把我推到前面替你挡箭、化解麻烦,甚至填补开支。我帮你解决你在牛津那不凑巧的小意外(如果非要这样称呼那件事的话)时向埃德温·李维[①]寻求过建议和帮助,他看到这些情况,就用了整整一个小时警告我,不要与你交往。我在布拉克内尔把那场令人难忘的长谈讲给

[①] 由李维写给王尔德的两封信(藏于加利福尼亚大学洛杉矶分校的克拉克图书馆)推断,他是一位放债人。

你听时，你只是大笑。那位最终与我一同站上被告席的不幸的年轻人也曾不止一次警告我，你会比我认识的任何人，哪怕我冒冒失失结识的一些粗俗男孩都更加危险，总有一天会给我带来致命的毁灭。我把这话和你说了，你只是大笑，虽然笑得没有那么开心。我几位比较谨慎或不太亲近的朋友得知我同你的友谊后，不是警告我，就是与我断绝了来往，你听说了，又是轻蔑地大笑。你父亲给你寄去第一封辱骂我的信时，我告诉你，我知道自己会成为你们父子针锋相对的棋子，夹在你们之间定会落得恶果，你听了又是放肆地狂笑。但就结果看来，我说会发生的每件事情都发生了。你不可能看不出前因后果。那么，你为什么不给我写信？是因为怯懦？还是因为冷漠？为什么？我满腔愤怒，也把那些愤怒在信里说了个明白，你应该更有理由给我写信才是。如果你认为我说得对，就该写信给我。若认为我有失公允，也该写信给我。我等着你的来信。我很肯定，你终会明白，就算你不念旧情，不念及我不被接受的爱意，不管我倾注给你的上千种多余的关心，不顾你欠我的上千次恩情——如果这些对你都不值一提，那么仅仅为了义务，为了这种人与人之间最为贫瘠的纽带，你也该写信给我。你不可能认为，我除了家人的事务信件外就不该收到其他信函。你完全清楚，每过十二周，罗比就会写信给我，为我概述一下文学界的新闻。再没有什么比他的信更让人愉悦了，文字里的才思、一针见血的批评、轻快的语气都是阅读的享受。那些才是真正的信，读起来好似与真人对话，有一种法式亲密漫谈的感觉[①]。他在细节处尽显对

[①] 原文为法语，意为"亲密的对话"。

我的敬重:既迎合了我的判断力,又迎合了我的幽默感,还迎合了我对美和文化的偏好。他以无数种含蓄巧妙的方式提醒我,我曾是许多人眼中艺术风格的主导之一,是部分人眼中艺术风格的最高主导。他以行动证明,他兼具爱的鉴赏力和文学的鉴赏力。他的信联结了我和美好虚幻的艺术王国。我曾是那里的国王,也可以继续为王,但我被引诱进了一个充满粗鄙不完满的激情、不辨优劣的饥渴、不知限度的欲望和无边无际的贪念的不完美世界。然而,到头来,你心里一定也能理解,至少能想到,我哪怕只是出于好奇心理也会更想读到你的来信,其兴趣远超阿尔弗雷德·奥斯汀①准备出诗集,斯特里特②为《每日纪事报》写起了戏剧评论,或是一个读颂词也会口吃的人把梅内尔夫人③推举成了新的风尚预言家等新闻。

啊!假如在监狱的是你——我不会设想是因为我的过错,因为那责任太过可怕,我负担不起——由于你自己的过失,自己的错误,交友不慎,陷于肉欲的泥潭,错置的信任,错付的爱情,以上之外的原因,或者以上所有原因——你以为我会任由你在黑暗和孤独中被痛苦蚕食,而不想想办法,无论多么微不足道的办法,帮你分担耻辱的重负?你以为我不会让你知道,你的痛苦就是我的痛苦;你哭泣时,我的眼中也会满含泪水;如果你被监禁束缚,为人不齿,我就会以悲痛

---

① 奥斯汀(1835—1913)于1896年被封为桂冠诗人。王尔德曾公开批评其作品。
② 即乔治·斯莱思·斯特里特(1867—1936),记者。
③ 考文垂·帕特莫尔(1823—1896)曾创作了一系列广为阅读的诗歌"家中天使"(1854—1863),歌颂爱情与婚姻。1895年,帕特莫尔向《周六评论》写信,推荐将诗人和散文作家爱丽丝·梅内尔(1847—1922)封为桂冠诗人。

筑起一栋房屋，在其中住下等待你的归来，那会是一间宝库，我将把世人从你身上剥夺的一切都增加百倍地存在那里，帮你痊愈吗？若是为可恨的形势所迫，或是为谨慎起见——在我看来，谨慎比形势所迫还要可恨——我无法陪在你的身边，痛失了与你相处的喜悦，使我连透过铁窗看看你落魄的形容也不可能，我仍会一年四季都给你写信，希望哪句话、哪个词、哪一点爱的微弱回声能传到你的耳畔。如果你拒收我的信件，我仍会坚持写，那样你至少知道总有信件在等你开启。很多人就是这样对我的。每三个月就有人给我写信或提出要给我写信。他们的信件都被保存起来，等我出狱时再交给我。我知道这些信的存在，我知道写信人的名字，我也知道他们心怀同情、关爱和善意。对我来说，这就足够了，我不需要再知道别的。你的沉默使我痛苦，何况这沉默不仅仅是几周或几月，却是几年。这几年时间计算起来，对你这样活在欢乐中的人来说很快就过去了，快得几乎看不到一个个日子跳舞经过时露出的金色脚丫，而你只一心气喘吁吁地追逐欢娱。这是种毫无歉意的沉默，是种不加掩饰的沉默。我知道你有一双泥足。还有谁比我更清楚？"偶像的金身之所以可贵，就因为有一双泥足。"[1]我写下这句警句时，想的正是你。但你为自己塑造的并非什么有泥足的金身偶像。你用长着角的东西的蹄子把大路上的尘土踏成污泥，堆出了你看似完美的形貌给我看，结果，无论我曾经怀有怎样隐秘的渴望，如今对你的感情都只剩下了轻蔑与不屑。即使不谈其他原因，你的冷漠也好，世故也好，麻木也好，精明也好，不管你怎么

---

[1] 引自《道林·格雷的画像》第十五章。——译者注

称呼它,我每每回想起自己堕落时以及之后的怪事,你这种特质都会让我感到双倍的苦涩。

其他痛苦的人被扔进监狱时,若是被剥夺了世上美好的东西,至少也可以在一定程度上免于世上最暴虐的毒箭①。他们可以囚牢的黑暗为隐蔽,以耻辱本身为庇护。世人已达到目的,便继续自己的生活,留下他们不受干扰地静静受苦。我却不同。一场接一场的悲伤找上我,敲打着一层层狱门。他们径自敞开大门走了进来。我的朋友几乎没有一位愿意见我,我的敌人却随时可以接近我。两次在破产法庭公开出庭,两次公开转狱,我都忍受着言语无法形容的羞辱,被暴露在众人的眼神和嘲讽之下。死神的信差给我捎来口信,又丢下我走了,我孤零零一人,远离一切能给予我安慰的事物,没有哪怕一丝解脱的可能。我思念母亲,回忆带来的悲痛和悔恨犹如千钧重担压在我的身上,我至今仍背负着它。时间刚使这道伤口的疼痛减轻了一些,但远没有愈合,我的妻子就托律师寄来了咄咄逼人的信件。她以贫困奚落我、威胁我。这我可以忍受,比这更过分的话我也能挺住。但按照法律程序,我失去了我的两个孩子②。这在当时和未来都将永远让我感到无尽的悲哀、无尽的痛苦和没有边际的心碎。法律竟会、竟能裁判我不适合与自己的亲生骨肉一起生活,在我看来实在是件可怕的事。

---

① 引自《哈姆雷特》第三幕第一场:"生存还是毁灭,这是一个值得考虑的问题;默然忍受命运的暴虐的毒箭,或是挺身反抗人世的无涯的苦难,通过斗争把它们扫清,这两种行为,哪一种更高贵?"——译者注
② 1897年,康斯坦斯·王尔德获得了两个孩子(西里尔和维维安)的单独监护权。

入狱的耻辱也比不上此事的打击。我嫉妒那些和我一起在院中放风的人,我肯定他们的孩子都等着他们,盼着他们,会亲近他们。

穷人比我们更智慧、更慈悲、更善良、更体贴。在他们眼里,牢狱是人生命中的一出悲剧,是一场不幸和灾祸,需要同情以待。他们谈起入狱的人,只说那人"遇到麻烦"了。这就是他们的用词,这个字眼饱含爱的完美智慧。我们这等地位的人则完全不同。对我们来说,一个人一旦入狱,就被社会遗弃了。我,及和我一样的人,几乎连呼吸和走在阳光下的权利都没有。我们会玷污他人的欢娱。我们一旦重新出现,就会处处受人排斥。我们不该重现在月光之下①。我们的亲生儿女都被带离。与人类社会的那些美好联系都被斩断。子女虽仍在世,我们却注定孤独终老。这唯一一件能治愈我们、帮助我们,为伤痕累累的心止疼、为痛苦的灵魂带来平静的事,都被剥夺了。

而雪上加霜的还有一项微小却不幸的事实:你的行为和沉默,你所做的和没有做的一切,都令我在漫长监禁的每一天都更加难熬。你的所作所为使狱中的饮食都变了味道。你让面包变苦,让水变得咸涩。你本该分担的悲伤却被你翻倍,你本该尽力削减的痛苦反被你加剧。我相信这不是你的本意,我知道这不是你的本意,这背后的缘故只是"极度缺乏想象力,这是你唯一真正致命的性格缺陷"。

到头来我只有原谅你。我必须如此。我写这封信的目的,不是

---

① 出自《哈姆雷特》第一幕第四场,哈姆雷特向他父亲的鬼魂问出了如下的句子:"你这已死的尸体这样全身甲胄,出现在月光之下,使黑夜变得这样阴森,使我们这些为造化所玩弄的愚人由于不可思议的恐怖而心惊胆战,究竟是什么意思呢?"

在你的心中种下怨恨，而是将怨恨从我的心中根除。为了我自己，我必须原谅你。一个人不能将蝰蛇养在胸口任其噬咬，也不能夜夜起身到灵魂的花园中播种荆棘。如果你肯帮助我一分一毫，我会很轻易就原谅你。过去，无论你做了什么，我总是乐意原谅。当时我的原谅对你毫无益处，只有生命未受任何污染的人才能轻易宽恕他人的罪恶。但现在我含垢忍辱，情况就不同了。现在，我的原谅应该对你意义重大。有一天你就会明白，不论你明白得是早是晚，是很快还是永远不会明白，我要走的路都很清晰。你让我这样的一个人身败名裂，但我不能让你心头压着这样的重负度过余生。这个负担也许会把你变得冷酷无情或病态地悲伤。我必须取走这一重负，扛到我自己肩上。

我必须对自己说明，不管是你还是你父亲，哪怕再强大一千倍，也不可能毁掉我这样一个人，毁掉我的是我自己。不管一个人伟大还是渺小，能毁掉他的，都只有他自己。我已经准备好这样说了。我已经在下决心了，虽然你现在可能不信。我既然已经毫不留情地控诉了你，那想一想我会多么无情地控诉自己。你对我所做的一切固然恶劣，但我对自己做的只有过之而无不及。

我曾是本时代艺术与文化的象征之一。我一成年便意识到了这一点，也强迫时代看清这个事实。没有多少人能在有生之年居于这等地位，受到这等承认。多数象征性人物，若真有人发现，也都是在他们和他们的时代成为历史之后，才由历史学者或评论家发现。我却不同。我自己觉察到了，并让他人也意识到了我的象征性地位。拜伦也是一位象征性的人物，但他代表的是那个时代的激情和对激情的厌倦。我则代表着更高贵、更持久、更至关重要、更广大的东西。

众神几乎将一切都赐予了我，我拥有天赋、卓越的家世和较高的社会地位，卓尔不群，敢想敢做。我将艺术做成了哲学，也将哲学做成了艺术：我改变了人们的思维和事物的色彩。我所说所做的一切都引人深思。我将戏剧这一已知艺术中最不带个人感情的形式变为了抒情诗或十四行诗般私人的表达，同时，我拓宽了它的范围、丰富了它的界定。戏剧、小说、押韵诗、散文诗、细腻或出色的对白，我将我触及的一切都赋予了新型的美。我所写的真实既有真实，也有虚假，这是理所应当，而我以此证明，所谓真假不过是不同的认知方式。我将艺术看作最高等的现实，生活则只是一种虚构。我唤醒本世纪的想象，让它围绕我创造神话与传奇。我用一组词就概括了一切体系，一条警句就总结了所有存在。

除这些外，我还有其他不同之处。我曾放任自己为诱惑所动，长期沉湎于毫无意义的声色享乐。我以做一个风流子弟、花花公子、时髦人士为乐。我让身边包围了低劣的天性和狭隘的思想。我大肆挥霍自己的才华，荒废永恒的青春，并从中感受到了一种古怪的快感。在高处待腻了，我就存心下到沟壑里寻找新的刺激。对我而言，变态在情欲层面上的意义，就如悖论在思想层面的意义。欲望，到头来，是一种疾病，或一种疯狂，或二者都是。我对他人的生活不再上心。我随心所欲，找完乐子便头也不回地离去。我忘记了，日常每个微小的行为都在塑造或破坏人的品格，因此，人在密室中做了见不得人的事，终有一天要在屋顶上昭告大下。我不再是自己的主宰，我不再是我灵魂的统帅，却不自知。我任由你控制我，任你父亲威吓我。我的下场就是可怕的耻辱。对于我，只剩下了一样东西：绝对的谦卑。对你，也只剩下了一样东西，同样是绝对的谦卑。你最好降到这尘埃中和我一起学习。

我已在狱中度过了近两年的时光。我的性情中生出了狂乱的绝望、不忍卒视的悲伤的抛弃、暴烈却无力的愤怒、怨恨与鄙夷、号啕的心伤、难言的苦痛、暗哑的悲哀。我历遍了世间每一种悲苦的情绪。我比华兹华斯本人更理解他的这些诗句：

受苦是永久、晦涩的黑暗
永恒不断。①

从前，有些时候，想到我将无尽地受苦，我会感到高兴，但我无法忍受没有意义的苦痛。如今，我在自己的性情中发现了一样隐藏的东西，它告诉我，世上的万事万物都有意义，尤其是受苦。那种隐藏在我性情中，仿佛宝藏隐藏在田野中的东西，那就是谦卑。

它就是我心中剩下的最后一样东西，也是最好的一样。它是我获得的终极发现，也是一段新路程的起点。它来自我的心里，所以我知道它来得正是时候。不能太早，也不能更晚。如果是由旁人告诉我，我就会排斥它。如果是由他人带给我，我就会拒绝它。是我发现了它，所以我要把它留住。我必须如此。只有它包含着生活的要素——我的新生②。它是世上最奇妙的事物，拥有它的人不能将它转手送人，

---

① 引自华兹华斯唯一的戏剧作品——无韵诗戏剧《边界人》第三幕。
② "新生"原文为意大利语"Vita Nuoua"，是但丁第一部作品的题目。《新生》是一部诗集，作于1293年，抒发但丁对比阿特丽奇的爱恋。——译者注

没有它的人也不能从别人之处要来。它不是想要就能拥有，一个人必须放弃自己的一切才能得到。只有在失去一切时，才能知道自己拥有它。

既然我已发现它在我心中，我便清楚地认识到了自己应该做、不如说是必须做的事。不用解释你也该明白，我说"应该"，不是指受到了除我之外的约束或命令。那些我概不接受。我远比从前更加个人主义了。除了发自本心的事物以外，一切对我来说都没有任何价值。我的性情在寻找一种新的自我实现的方式。这就是我所关心的一切。而我要做的第一件事，就是从对你一切可能的怨愤中解脱自己。

我已然身无分文，也彻底无家可归。但世上还有更加悲惨的情形。我直说，与其怀着对你及世人的怨愤离开监狱，我宁可挨家乞食。哪怕在富庶人家得不到施舍，也能在清贫人家讨得些许。拥有得多的人往往贪婪。拥有得少的人常常分享。只要我的心里还有爱，即使夏季在凉气袭人的草地上露宿，冬天在尖顶的草堆旁或大谷仓的阁楼里取暖，我也丝毫不会介意。现在，一切身外之物都对我不再重要。你想必可以看出，我已到达了何种程度的个人主义。更准确地说，我还在向这一程度努力，因为其路漫漫，"我去到哪里，哪里都遍地荆棘"①。

我当然知道，在道边乞求施舍不会是我的命运，而如果真的在夜晚躺在凉草地上，也是为了写吟咏月亮的十四行诗。我出狱时，罗

---

① 引自王尔德戏剧《无足轻重的女人》第四幕。——译者注

比会等在钉满饰钉的铁门外,而他不仅将代表自己的关爱,还会代表其他许多人的关爱。我相信这些关爱至少足够支撑我十八个月,即使不能让我写出美好的书籍,也能让我阅读到美好的书籍了,而还有什么比那更令人高兴?在那之后,我希望能恢复我的创造力。但如果事与愿违,如果我在世上再没有一个朋友,如果没有一家人哪怕因为怜悯,为我敞开大门,如果我一贫如洗、衣衫褴褛,只要我心中不受任何怨恨、冷酷、鄙夷的沾染,我就能冷静、自信地直面生活,远胜过身着华服而灵魂为仇恨所毒。我原谅你真的并不困难。但只有你愿意接受我的原谅,我才会为此快乐。你真正想要时,就会发现,原谅正等待着你。

我要做的自然不止这些。要是我再也无事可做,还会容易一些。我面前仍有许多要做的事,有更陡峭的山峰要攀爬,更黑暗的幽谷要穿越。而我只能依靠自己。宗教、道德和理智都帮不了我。

道德帮不了我。我生来就是个道德律废弃论者。我是为例外而生的人,不是为律法。尽管我认为人的行为没有对错,但我认为,人的品德却存在着是非。明白这一点很有益处。

宗教帮不了我。其他人赋予无形事物的笃信,我都给了看得到、摸得着的东西。我的众神居住在用手建筑的庙宇中,而我的教义在实践中臻于完美和完善。或许它过于完善了,因为,就像许多乃至所有在当世建造自己天堂的人一样,我在其中不仅看到了天堂之美,也发现了地狱的可怖。我一想到宗教,便希望能为那些没有信仰的人成立一个修会,或许就叫作"无圣父者兄弟会",祭坛上不点香烛,一位牧师站在祭坛边,心中没有平安的栖处,他用未受祝福的饼和空荡无酒的杯作祭。一切事物，若要真实，就必须成为宗教。而不可知论和诚心笃信一样，需要它的仪式。它既种下了殉道者，就应收获圣人，并且日日赞美上帝，因它躲避凡人从不露面。但诚心笃信也好，不可知论也好，都不能外在于我。它的所有符号都必须由我创造。保持本形的只有精神上的存在。如果我不能在自己心中发现它的奥妙，我就永远也不会发现；如果我尚未找到，就永远也不会找到。

理智帮不了我。它告诉我，判我有罪的法律是错误、不公的法律，让我受苦的制度是错误、不公的制度。然而，我又必须以某种方式使以上两者都显得公正而正确。在艺术中，一个人只关注特定事物在特定时刻对自己的意义，在性格的道德进化中也是如此。我必须使发生在我身上的一切都对我有益。硬板床、难以下咽的食物、磨得手指痛到发麻的扯麻絮用的硬绳、每天从早到晚的粗活重活、仿佛惯例必需的苛责命令、使悲哀平添怪诞的丑陋服装、死寂、孤独、屈辱——所有这一切，我都需要转化为一种精神体验。我都要努力把每一点肉体上的落魄，变为灵魂的精神化升华。

我希望我最终能简简单单、毫不做作地说，我人生的两大转折点，一是我父亲将我送入牛津的时候，二就是社会将我送入监狱的时候。我不会说进监狱是我所能经历的最好的事情，因为这话在我口中实在太过苦涩。我宁可说，或听别人说，我实在是本时代的典型产物，以致因为我的怪癖、为了我的怪癖，我将生命中的好事变成了坏事，将坏事变成了好事。但我或别人的话都不重要。为避免自己在短暂余生里身心残损，再难完整，我重要的事，眼前的事，不得不做的事是将施加在我身上的一切都吸收进我的天性，将其化作我的一部分，毫无怨言或恐惧地安然接受。最大的恶习莫过于肤浅。凡事只要认清了，就对了。

刚入狱时，有人建议我忘记自己的身份。这是一条害人的建议。只有认清了自己的身份，我才能略感安慰。而现在，又有人建议我在出狱后彻底遗忘自己曾经入狱。我知道这条建议同等致命。那意味着，无法容忍的耻辱之感将永远阴魂不散，而那些对我和他人同样重要的事物，日月之美、四时之景、白天的韵律与夜晚的安静、树叶间滴落的雨水，还有爬过草地，给它染上银霜的露水，都将在我眼中黯然失色，再不能治愈我，或向我传达喜悦。排斥自己的经历就是阻碍自己的发展，否认自己的经历则是用生命撒谎。这种行为无异于否认自己的灵魂。因为，正如身体吸收一切，不论是庸俗肮脏的，还是牧师或圣灵净化过的东西，身体都将它们转变成速度与力气，转变成精致肌肉的动作和优美肉体的线条，转变成发丝、嘴唇和双眼的弧度和色彩；灵魂同样具有自己的滋养功能，能够将本身低劣、残酷、可鄙的东西转变为各式高尚的思想和重要的情感。灵魂还能做到更多，它能在这些下贱的东西中发现它最荣耀的坚持，并常常通过意图亵渎和毁坏的事物最完美地展现自己。

我是一所普通监狱里的普通囚犯，我必须坦然接受这个事实，而尽管你可能觉得奇怪，但我需要教会自己的一件事就是，这并不可耻。我必须将它作为一种惩罚而接受，而如果因受罚而羞耻，惩罚就失去了意义。当然，我的罪名中有许多都是我没有做过的事，但也有很多是我真正做过的事，我还有更多做过却没有被告发的事。我在前面写过，众神难以看透，我们的恶行与龌龊、善行和人性都会招致他们的惩罚。我必须接受这一事实：人为善、作恶都会受罚。我毫不怀疑这是应当的。借此我能够，或应该能够认识到自己的善恶，且并不因任何一种品质自负。如果因此我能如自己希望的那样，不为自己所受的惩罚羞耻，往后我便能自由地思考、行走和生活了。

许多人在被释放后仍背负着监狱走入外面的天地，将这段经历作为隐秘的耻辱藏在心中，最终像中了毒的可怜小兽般爬进某个洞然后死去。他们走到这一步，着实可悲。社会不该逼人至此，这是大错特错。社会擅自给个人施行骇人的惩罚，但它自身却带有肤浅这一最大的恶习，且从未意识到自己的所作所为。惩罚完一个人，社会就离开了他，也就是说，正当社会应对他履行最高义务的关头，社会却抛弃了他。社会因自己的行径羞愧难当，于是避开受罚的人，就像还不起钱的人避开债主，或像害人者在造成无法挽回、无法弥补的伤害后避开受害人。我单方面要求，既然我已看清自己所受的苦，社会也应看清对我的影响，以便双方都可以放下怨愤和仇恨。

当然我知道，从某个角度来看我的情况比其他人更艰难。因为我的案件性质，这实在难以避免。和我一起关在这里的不幸盗贼、流浪汉在许多方面都要比我幸运。不管在灰色的城市还是绿色的乡野中，见证他们罪行的范围都很小，要找到对他们的过去一无所知的地方，只需走上一只鸟从破晓到黎明飞出的距离。可对我来说，"世界已缩成了一掌之宽"①，走到哪里都会见到我的名字被铅写在路边的石上。因为我原本并非籍籍无名，由于犯罪才暂时恶名在外，却是从流芳百

---

① 出自《无足轻重的女人》第四幕。

世变成遗臭万年,有时我认为这反映出——人们也确实应该明白——美名远扬与恶名昭著之间只有一步之差,甚至还不及一步。

无论我走到哪里,人们都会认出我,知道我的全部过往,至少知道我做过的荒唐事。尽管如此,我仍然能从中看到对我有利的一点:那种情形会迫使我再次树立起艺术家的身份,并且越早越好。只要我能创作出又一部美好的艺术作品,就能砍掉恶意的毒牙,削去懦夫的冷笑,连根拔起嘲讽的长舌。而如果生活为难我——这毋庸置疑——我也要为难生活。人们必然会对我摆出某种态度,而那样做的同时既评判了我,也评判了他们自己。不用说,我不是在特指某些人。现在值得我与之相处的只有艺术家和受过苦楚的人,前者懂得美,后者懂得悲,旁人我都不感兴趣。我对生活也不要求什么。我说这些话,只是为了阐明我对整个生活的心态。我感觉,不为所受的惩罚羞耻,是我必须首先达到的一种境界,这样我才能臻于完美,因为我如此不完美。

之后,我必须学会快乐。我曾经本能地懂得快乐,或自以为懂得。我心中一度春日永驻。我的身体与喜悦同温。我将生活注满了欢娱,好似将酒杯注满红酒。现在,我对待生活的观点完全不同了,哪怕想象一下快乐的情景都常常极为困难。我记得,在牛津的第一个学期里,我读佩特的《文艺复兴》——那本书对我的生活有着那样奇妙的影响——书里写道,但丁将执意活在悲哀中的灵魂放在了地狱的底层,我去学院图书馆在《神曲》中找到了这段话,在阴恻的沼泽下躺着"在甜蜜空气中郁郁不乐"的人,永远长吁短叹地说着:

> 我们在被阳光照得欢快的温和空气里时,
> 心里生着闷气,郁郁不乐。①

我知道教会将懒惰视作罪行,但那时,它在我看来十分美妙,感觉正是对现实一窍不通的牧师会编出的罪行。我也不理解,但丁既然能说出"悲哀使我们与上帝重新结合"②,又怎能对沉溺哀愁的人如此苛刻,如果真有这样的人的话。当时的我怎么也没想到,沉溺哀愁会成为我一生中最大的诱惑之一。

我在旺兹沃思监狱时渴望死亡,那是我唯一的愿望。在医务室待过两个月后,我被转至这里,当我发现自己的身体逐渐健康起来,我愤怒极了。我打定了主意在出狱当天自杀。过了一段,那股恶气消散了,我决心活下来,但也决心要将愁云惨雾同君王的锦袍一样裹在身上,永不露出笑容,要将我踏进的每一户人家都变成灵堂,要让与我同行的朋友都悲哀地迈着缓步,要教育他们哀愁才是人生的真谛,要以不属于他们的悲哀伤害他们,要以我自己的痛苦摧残他们。我现在的想法大不一样了。我意识到那样实在是不知好歹而且伤人——我不能在朋友来看我时拉一张长脸,逼得他们把自己的脸拉得更长以示同情,也不能在有心招待他们时,请他们沉默地品尝苦涩的药水和葬礼的肉食。我必须学会振作、快乐。

最近两次我获准在监狱和朋友见面时,我都尽力振作起来,以我

---

① 原文为意大利语,引自但丁《地狱》第七歌,121—122行。
② 出自但丁《炼狱》第二十二歌,81行。

的快乐作为对他们不辞路远从伦敦来看我的一点微薄回报。这只是一个小小的回报,我知道,但我肯定,这也是最让他们欣慰的回报。我上周六和罗比见了一个小时,我尽我所能、真心诚意地表达了与他相见的喜悦。以我正在构想的观点和理念来看,我所做的非常正确,佐证的事实就是:我入狱以来第一次真正有了活下去的欲望。

我要做的事如此之多,如果我没能完成至少一小部分就死去了,真会是惨痛的悲剧。

我看到艺术和生活中都有了新的发展,每个发展都是一种全新的完美。我渴望活下去,好探索这个对我来说仿佛全新的世界。你想知道这个新世界是什么吗?我觉得你能猜得到,就是我一直以来居住的世界。

于是,悲哀和它所教给我的一切,就是我的新世界。我曾一心为欢娱享乐而活,我曾拒绝一切悲哀与苦痛,我曾憎恶它们,我曾决意尽可能长久地忽视它们。也就是说,将它们视作不完美的事物,它们不属于我的生活,它们在我的哲学中没有存在的位置。我的母亲全面地了解生活,因此她常对我引用歌德的这几行诗句——是卡莱尔写在多年前送给她的一本书里的,我想也是他译成的英语:

> 从未以悲哀佐餐
> 从未在长夜饮泣
> 流着泪苦等清晨

便不知道你，天的伟力。①

这几句诗，是高贵的普鲁士女王②——那位被拿破仑粗暴对待的女王——在屈辱和流放中时常引用的，也是我的母亲在晚年的诸多不顺中时常引用的。我曾经拒不接受也不承认其中蕴含的巨大真相。我那时尚未理解。我清楚地记得，我常常对母亲说，我不想以悲哀下饭，或饮泣度过任何一个夜晚，只为盼来一个更加凄惨的清晨。我没想到这正是命运为我准备的特别安排，我生命中的一整年正是要过这样的日子。但这就是我的命数，在过去的几个月中，经历了难熬的挣扎和困苦，我终于理解了隐藏在痛苦中的一些教训。牧师，以及没有学识却爱用警句的人，有时把受苦说得十分玄秘。其实，受苦是一种启示，受苦能让人看破从前看不破的事，使人换一个角度审视整个历史。从前，在艺术方面，凭直觉模模糊糊感觉到的一切，通过受苦才有了智识和情感上的领悟，才有了清晰的展望和深度的理解。

我如今明白了，悲哀，作为人所能感受的最高级的情感，是一切伟大艺术所属的类别和必经的试金石。艺术家一直找寻的是这种存在方式：灵与肉合二为一、不可分割，外在表达内在，形式揭示内涵。这样的存在方式不在少数：在一些时候，青春和专注青春的艺术就可

---

① 出自约翰·沃尔夫冈·冯·歌德（1794—1832）所作的《威廉·迈斯特的学习时代》第一部第十二章，原文所引英译文出自托马斯·卡莱尔（1795—1881）译本。
② 指路易莎女王（1776—1810）。拿破仑战争中，她曾与腓特烈·威廉三世在耶拿战役（1806年）后流亡。

算作一种范式,而换一个时候,我们或许会认为,现代风景绘画对印象的表达既细腻又敏感,暗示外物之中存在一种精魂,天、地、雾、城皆为其外衣,且它近乎过分地协调了情感、色调与色彩,因此它可谓以图像的形式诠释了古希腊人以造型艺术完美展现的内涵。至于音乐,因为它所有的主题都浸没在了表达之中,融为一体无法分割,所以是一个复杂的例子。要阐明我的意思,一朵花或一个孩子才是简单的例子。但悲哀是生活和艺术中最高级的类别。

喜悦和笑声背后或许是一种粗鄙、冷酷无情的性情,但悲哀背后永远是悲哀。痛苦不像欢乐,不戴面具。艺术中的真实不是中心思想与偶然存在之间的关联;它不是影与形,或玻璃中映像与本体的相似关系;它不是空山中传来的回音,更不是让月亮照见月亮、让那喀索斯照见那喀索斯的谷中银泉。艺术中的真实是事物与本身的结合,是得以表达内在的外在,是具象化的灵魂,是富有精魂的实体。因此,没有任何真实可与悲哀相比。有时我感觉,悲哀是唯一的真实。其他一切都可能是眼前或欲念的幻觉,存在的目的就是蒙蔽人的双眼、败坏人的欲望,只有悲哀是万物的本源,孩子或星辰的诞生总是伴随着疼痛。

不仅如此,悲哀还带有一种高度的、不寻常的现实。我谈到自己时说过,我曾是本时代艺术与文化的象征之一。在这悲惨的地方,没有一个悲惨的人不与我一样,都象征着人生的真谛。因为人生的真谛就是受苦。万事万物的背后都是受苦。我们人生的伊始,甜蜜的东西尝起来那样甜蜜,苦涩的东西尝起来那样苦涩,以至于我们都不可避免地一心追求享受，不只想"一两月以蜜糖过活"①，而是希望在余生的所有年月都不用尝到其他味道，殊不知我们是在让灵魂挨饿。

我曾与我所结识的最美好的心性探讨过这个话题，一位女士②，在我不幸入狱之前和之后，她都对我表现了同情与高贵的善意，其程度无法用语言描述。虽然她自己并没有意识到，但她为我分担了磨难的重负，对我的帮助远超过世上任何人。而她做到这一切，凭借的只是她的存在，是她的自我。她既是一个理想，也是一种影响，她树立了一个榜样，并真正帮人向她的方向努力。她的灵魂能令平常的空气变得清甜，也能使精神上的事物变得如阳光或海洋一般简单又自然。对于她，美与悲哀携手同行，并且带着同样的意义。我所想到的那次谈话中，我清楚地记得自己对她说，仅在伦敦一条狭窄小巷中发生的苦难，就足以证明上帝不爱世人，而只要世间存在一丝悲哀，哪怕是一个孩童在某处小花园中为自己的或不是自己的错误哭泣，整个造物的脸上便蒙上了污渍。我完全错了。她这样对我说，我却不愿相信她。我还未抵达可以相信那种思想的境界。今天的我认为，这世界上之所以有奇多的苦难，只可能是因为某种爱的缘故。我想不出还有什么其他的解释。我坚信这是唯一的解释，而如果，像我说的那样，悲哀真的是万物的本源，那么万物也一定是由爱的双手所造，因为只有这样，万物为其所设的人的灵魂才能达到最极致的完美。享乐塑造美丽的肉体，而痛苦塑造美丽的灵魂。

---

① 引自英国诗人阿尔加侬·查尔斯·斯温伯恩的诗作《离别以前》。——译者注
② 指爱德琳娜·休斯特，德国银行家之女，以其慷慨与智慧闻名。

我说自己坚信这一切时，是过于自负了。远处能看得到，像一颗无瑕的珍珠的地方，便是上帝之城。它美轮美奂，仿佛一个孩子在夏天只消一日就能到达。孩子可以，但我和我这样的人却不能。人可以在一刹那间领悟，却在随后那步履沉重的漫长时辰中将他的领悟失却。保持"灵魂能够攀登的高度"①何其困难。我们的思想永恒，肉体却在时间中缓缓移动。而我不需再说对于我们这些枯卧于铁窗中的人，时间走得多么慢；我也不必再提起疲惫与绝望是如何潜入关押我们身体的监牢，又潜入锁住我们心灵的监牢，它们来势奇怪，汹涌不断，逼得人不得不打扫、装饰好自己的房屋招待它们，就像招待不受欢迎的客人，或一个严苛的主人，或一个奴隶——我们因巧合或自愿，成了那奴隶的奴隶。你这样自由生活，整日懒散享受，却应该比我更容易学会谦卑，尽管我每天一早便要双膝跪地清洁牢房的地板。你现在或许觉得难以置信，但这丝毫不假。因为监禁生活的无尽煎熬与束缚常使人产生反叛的心理。这最可怕的不在于它令人心碎，毕竟心生来就是要碎的，而在于它会将心变为铁石。有时人会感觉，只有脸上摆着蛮横、嘴边挂着鄙夷，才能扛过一天。而借用教会爱用（我敢说，教会爱用这词不无道理）的词来说，反叛的人得不到神的恩宠，因为在生活和艺术中一样，反叛心理会堵塞灵魂的河道，让天堂的灵气无法流入。如果我注定要在某处领悟这些道理，就必须在这里，而且我必须欢欣鼓舞，因为我的双脚踏上了正道，脸也朝向了

---

① 引自华兹华斯的《远游》，一首记录了一位诗人的漫游哲理诗。

"名叫美门"之门①，即使我仍可能多次摔倒在泥淖中，时常迷失于迷雾里。

我所谓的"新生"——我有时爱这样说，是因为喜爱但丁的作品——当然不是什么新的生活，只是我从前的生活通过发展和演进的延续。我记得在牛津时，我拿到学位的那年6月，一天早上，我和一位朋友在莫德林学院那条飞鸟盘踞的狭窄小道上散步，我对他说，我想要尝遍世界花园中所有的果实，还要心怀激情走向世界。我也的确那样走向了世界，也那样活过了。我仅有的错误是，我独独将自己限制在了花园里看似阳光明媚的一侧，而拒不接近另一侧的阴影和幽暗。失败、耻辱、贫困、悲哀、绝望、受苦，甚至泪水、痛苦的嘴唇吐出的断续词句、让人如履荆棘的悔恨、谴责人的良心、惩罚人的自轻自贱，使人将灰尘撒在头顶②的悲苦，教人披上麻衣饮下苦胆的悲痛——这些都是我畏惧的东西。我下定决心一样也不要尝到，结果我不得不将它们轮番品尝了一遭，以它们过活，足足一整个季节都没有其他食粮。我一刻也不后悔自己曾为享乐而活。我那时乐了个尽兴，人做任何事都应该做得尽兴。没有我未曾品尝的欢娱。我曾把我灵魂的珍珠投进了酒杯，我曾伴着笛声在花草点缀的享乐之路上流连，我曾以蜜糖过活。但继续这样的生活是不对的，因为那样太过单一。我必须继

---

① "美门"是一道通往圣殿的门，出自《圣经·使徒行传》3:2，"有一个人，生来是瘸腿的，天天被人抬来，放在殿的一个门口。那门名叫美门，要求进殿的人周济"。本书中所有《圣经》译文都引自和合本。——译者注
② 《圣经》中，灰尘象征着哀恸。而在基督教文化中，将灰尘撒在头顶和下文的身穿麻衣都是悔罪的表示。——译者注

续前行。那另一半花园里也有秘密待我探索。

自然这一切都在我的艺术作品中埋下了预兆。一些在"快乐王子"里，一些在"年轻的国王"里，尤其是主教对跪着的少年国王所说："制造痛苦的上帝岂不比您睿智吗？"我写下这话时，只觉得它是一句妙语而已。而《道林·格雷的画像》中还有很多这样的预兆，掩盖在毁灭的音符下，犹如一根紫线贯穿了金色的布匹；在"作为艺术家的批评家"中，这种预兆呈现了许多种色彩；在《社会主义下人的灵魂》中，过于简单的词汇将它们写得明明白白。正是这些预兆，像叠句一般，用其重复的主题将《莎乐美》变得好似音乐，把它连成了一首歌谣；还有那首散文诗①，写一个人不得不对照着"转瞬即逝的欢乐"铜像塑造"永存不散的悲哀"，简直就是我的写照。我的命途就该如此。人的一生中，每分每秒都预示着未来，同样反映着过去。艺术是象征，因为人本身便是象征。

如果我能完全达到这种境界，那就是艺术家生活的最高感悟。因为艺术家的生活就是单纯的自我提高。一位艺术家的谦卑表现在他坦然接受一切经历，正如艺术家的爱表现为向世界展现其形体与灵魂的美感。在《享乐主义者马利乌斯》中，佩特试图统一艺术家的生活和宗教生活——宗教指其深奥、美好、清苦的那一面。但马利乌斯不过是一个旁观者，他可谓是一位理想的旁观者，习惯于"以适当的情感审视生活的景象"②，这被华兹华斯视作诗人的真正目标。但他只是一

---

① 指王尔德的散文诗《艺术家》。——译者注
② 引自沃尔特·佩特（1839—1894）的《鉴赏集》。

位旁观者而已，而且他似乎过于注意圣所的器具是否美观，却忽视了他所望见的是悲哀的圣所。

我在基督的真正生活和艺术家的真正生活之间看到了一种更密切、更直接的联系，我一想起这一点就很高兴：远在悲哀占据我的生命，将我绑在它的轮上以前，我就在《社会主义下人的灵魂》中写过，能过上基督式生活的人必须完全、绝对地做自己，我不仅将山坡上的牧人、监牢里的囚徒引为范例，还列举了以世界为盛景的画家和视万物为诗歌的诗人。我记得有一次和安德烈·纪德一起坐在巴黎一家咖啡厅里，我对他说，我对形而上学的兴趣不多，道德准则更是无法吸引我，但柏拉图或基督的话无不能直接转移至艺术层面，而在艺术层面它们就能实现圆满。这一论断既深刻又新颖。

基督将个性与完美紧密结合，这种结合是古典主义和浪漫主义艺术的真正区别，也使基督成为生活中浪漫主义运动的真正先驱。但除此之外，我们还能在基督身上发现，他天性的基础与艺术家天性的基础别无二致，那就是一种强大的、火一般的想象力。发自想象的同情心本是艺术领域中创作的唯一奥秘，他则将其应用在了整个人际关系的领域。他理解麻风病人的病痛、盲人眼前的黑暗、耽于享乐者锥心的凄苦、富人莫名的贫穷。你现在该明白了，对吗？当你给病中的我写信说"你一旦下了神坛就没有意思了。下次你生病，我一定立刻躲开"时，你距离艺术家的真正心性，就像你与马修·阿诺德所称的"耶稣的真义"一般遥远。这两种境界都会教给你，他人的遭遇就是自己的遭遇。如果你想要一句格言供你早晚阅读，鼓励或督促自己，就在家中墙壁上写下这句话，让它被日光和月光镀上金银："他人的遭遇就是自己的遭遇"。如果有人问起这样一句话到底什么意思,你便可回答,那是"主耶稣的心灵和莎士比亚的头脑"。①

基督的确和诗人是一类人。他的整个人性观都直接源于想象力,也只能通过想象力实现。人之于他,就如同上帝之于泛神论者。是他最先将不同的种族看作一个整体。在他以前,有许多位神和许多种人。只有他看到,生命之丘上只有一位上帝和一种人。通过他心中那种神秘的同情,上帝与人都化出了具象,于是他有时自称神之子,有时自称人之子,依心情而定。有史以来,从未有任何人像他那样在我们心中唤起那种向来会为浪漫所动的惊叹之情。我总觉得有些不可思议,一位年轻的加利利农民竟想象能以自己的肩膀担起全世界的重负:一切业已犯下的罪行和业已遭受的苦难,一切尚未犯下的罪行和尚未降临的苦难;尼禄、恺撒·波吉亚、亚历山大六世和那位罗马皇帝兼太阳神祭司②的罪孽;名叫"群"、住在坟茔里的人③的苦难,

---

① 引自爱默生的散文《历史》。——译者注
② 恺撒·波吉亚(1476—1507),意大利军事领袖,红衣主教;亚历山大六世(1431—1503),曾于1492至1503年间任教皇,恺撒·波吉亚之父;"那位罗马皇帝兼太阳神祭司"指黑利阿迦巴鲁斯,218到222年间罗马皇帝。
③ 出自《圣经·马可福音》5:2—9。"耶稣一下船,就有一个被污鬼附着的人,从坟茔里出来迎着他。那人常住在坟茔里,没有人能捆住他,就是用铁链也不能。因为人屡次用脚镣和铁链捆锁他,铁链竟被他挣断了,脚镣也被他弄碎了。总没有人能制服他。他昼夜常在坟茔里和山中喊叫,又用石头砍自己。他远远地看见耶稣,就跑过去拜他。大声呼叫说,至高神的儿子耶稣,我与你有什么相干。我指着神恳求你,不要叫我受苦。是因耶稣曾吩咐他说,污鬼啊,从这人身上出来吧。耶稣问他说,你名叫什么。回答说,我名叫群,因为我们多的缘故。"——译者注

受压迫的民族、工厂的童工、窃贼、囚徒、弃民的苦难，在压迫下喑哑、其沉默只有上帝能闻的人的苦难……他不仅想象自己能担起这些，并且真正担起了。于是，如今所有联系到他心性的人，即便既不对他的祭坛礼拜，也不向他的牧师下跪，都会发现他们罪孽的丑恶已被去除，悲哀的美被展现了出来。

我说到他与诗人并列。确实如此。雪莱和索福克勒斯都是他的同道之人。但他的一生本身也是一首最为精彩的诗作。在"怜悯与恐惧"①的层面，所有古希腊悲剧都不能与之相比。主人公那绝对的纯粹将整个情节上升到了一种浪漫主义艺术的高度，那是"忒拜和珀罗普斯类"的苦难故事恰恰因其恐怖而无法企及的高度。这便证明了，亚里士多德在他探讨戏剧的专著中说，毫无过失的人受苦不是值得观看的情节，是多么错误。在埃斯库罗斯和但丁那些严格处理温情的大师笔下，在莎士比亚最富人情味的伟大艺术家笔下，在所有那些透过泪水之雾发现世界之美、人生不过花开花谢的凯尔特神话传说中，都没有哪个故事能同基督受难那样将质朴的悲怆与崇高的悲剧效果结合并统一。与同伴共进一顿小小的晚餐，但其中一个同伴已经出卖了他；月色下橄榄园中的忧愁；那虚伪的朋友走近他，以一吻背叛他；那仍信任他、希望以他做基石建起世人的庇护所的朋友，在天亮鸡鸣时不认他；他孤立无援，对一切都屈从接受；犹太大祭司盛怒中撕开他的衣服，巡抚要来水，徒劳地希望从手上洗净那令他成为千古罪人的义

---

① 指亚里士多德在《诗学》中的理论，悲剧应该引发并且除去观众心中的怜悯与恐惧。

人的血；那悲哀的加冕可谓有史以来最值得称奇的场面之一；无辜之人在母亲和所爱的门徒的眼前被钉死在十字架上；兵丁抓阄分他的衣服；他的惨死给世界留下了最永恒的象征；他在财主墓中下葬，尸身裹着干净的细麻布，涂着昂贵的香料和香膏，仿佛一位王子——仅从艺术的角度看这一切，我们也应心怀感激，因为教会的最高职能是重现这出悲剧而不必见血，也不以对话、服装甚至动作将主耶稣的受难神秘化。而我想到，在别处失传的古希腊歌队的合唱艺术，却在弥撒上信众与神父的应答中保留了下来，我就感到由衷的喜悦与惊叹。

然而基督的一生——如此完美地在意义及表现上结合了悲哀与美——其实是一首田园诗，尽管在它的结尾处，神庙的帷幕被撕毁，黑暗笼罩了大地，石头也滚到了墓门口。人们总将他视作一位有朋友陪伴的年轻新郎，他的确曾这样形容过自己，人们也将他视作带着羊群在山谷中游荡、寻找绿草或清溪的牧羊人，或是以音乐建筑上帝之城的歌者，或是使世界也显得狭小的心中有爱的人。在我看来，他的神迹就如春日的到来一般妙不可言。我完全相信，他的人格魅力是那样强大，只要看到他，悲苦的灵魂就能安宁，只要触到他的衣服或手，受苦的人就能忘记苦痛；当他走过生命的大路，从未见识过生命奥秘的人能忽然明目，只听得到欢娱之音的人也能第一次听到爱的嗓音，并觉得它就如"阿波罗的诗琴一般悦耳"；他一走近，邪恶的激情便溃散奔逃，当他召唤，过着缺乏想象力的单调生活、行尸走肉般的人便重新站起来，好像从墓中复活；当他在山坡讲学，众人便忘记了饥渴和世间的忧虑，而他坐席的时候，他的朋友便觉得粗茶淡饭都好像饕餮盛宴，清水尝起来也犹如美酒，屋里也飘满了哪哒①的甜香。

勒南写作了《耶稣传》②——那慈悲的第五福音书，或可称为圣多马的福音书。书中写道，耶稣的伟大成就在于，他使自己在死后与生前一样广受爱戴。自然，如果他与诗人并列，他也就是心中有爱的人的首领。他清楚，爱就是智者四处找寻的、消失的世界奥义，而只有通过爱，人才能接近麻风病人的心灵和上帝的双脚。

最重要的是，基督是最极端的个人主义者。谦卑，同艺术家坦然接受一切经历一样，只是一种表现方式。基督不停寻觅的是人的灵魂。他称它为"神的国度"，存在于每个人的心中。他将它比作细微的事物：一粒小种子、一把面酵、一颗珍珠。那是因为，一个人只有摒弃一切杂念、一切习得的观念、一切身外之物——不论善恶好坏——才能领悟自己的灵魂。

我凭借自己意志中些许的执拗和天性里大把的反叛承受着一切，直到我在这世间除了西里尔外一无所有。我失去了名誉、地位、幸福、自由和财富，我成了囚徒和贫民。但我仍余下一件美好的事物，便是我的长子。可突然之间他也被法律夺走了。那打击如此沉重，我一时不知所措。于是我跪倒在地，俯首痛哭说："孩子的身体就像我主的圣体，我两者都不配触及。"那一瞬间似乎拯救了我。我那时明白，我唯一能做的就是接受一切。你听着或许会觉得奇怪，但从此，我的心情就好了起来。

---

① 《圣经》中提到的一种珍贵的香膏。——译者注
② 19世纪法国著名哲学家、历史学家和宗教学家勒南的作品。在书中，勒南否定了耶稣的神性，将他作为一个真实的凡人，讲述、分析了他的一生。——译者注

我所接触到的当然是我灵魂最深处的本质。曾经我在许多方面都与它为敌,那时我才发现它正以朋友的身份等待着我。与灵魂相通的人会变得同孩子一样单纯,就像基督所说的。然而,能在死前"拥有自己的灵魂"①的人寥寥无几,这着实可悲。"人身上最稀缺的,"爱默生说,"便是发自本心的行为。"②千真万确。多数人都不是自己。他们想着别人的想法,过着模仿别人的日子,抄袭着别人的情感。基督不仅是最极端的个人主义者,也是历史上第一位个人主义者。世人试图把他塑造成一个平庸的慈善家,就像我们19世纪这些倒人胃口的慈善家一样,还有人把他作为一个利他主义者和那些不讲科学、感情泛滥的人相提并论。但他其实两者都不是。怜悯,他确实是有的,他怜悯穷人、被关进监狱的人、下层的人、受苦的人,但他加倍地怜悯富人、不管不顾的享乐主义者、浪费自由被玩物奴役的人、身着绫罗绸缎住在玉楼金殿的人。在他看来,财富与享乐是远比贫困和悲哀更加深重的悲剧。至于利他主义,还有谁比他更清楚,为我们做下决定的是天命,而非意愿,正如荆棘上结不了葡萄,蓟草也长不出无花果。

将为他人而活作为自我意识的目的,并非他的信条。那也不是他信条的基础。他说"爱你们的仇敌",他不是为那仇敌说话,而是为了你好,也是因为爱比仇恨更美好。他恳请那位他一见便喜爱的少年"去变卖你所有的财富,分给穷人",他并不是为穷人的生活着想,

---

① 引自马修·阿诺德(1822—1888)的诗作《南方夜晚》。
② 引自美国散文家拉尔夫·沃尔多·爱默生(1803—1882)的演讲文《布道者》。

而是在考虑那少年的灵魂,因为财富糟蹋了他可爱的灵魂。他对生活的态度与诗人如出一辙。他们都明白,在自我完善的必然法则下,诗人必须吟唱,雕塑家必须用青铜思考,画家必须以世界为镜影射出自己的情绪,所有这些都不可避免,就像春天山楂花定会开放,丰收时麦地定会铺成金黄,月亮在它固定的漫游中定会由圆盾变为镰刀,再由镰刀变为圆盾。

而虽然基督没有叫人们"为他人而活",他却指出一个人自己的生命与他人的生命并无不同。这样,他便赋予了人类一个延展的、庞大的人格。他来了以后,相互分离的个人历史就成为世界的历史,或是有了成为世界的历史的可能。毕竟,文化加强了人的个性,艺术使我们有了无数种思想。有艺术家心性的人与但丁走上放逐之路,了解别人家的面包味道多么咸,别人家的楼梯路多么艰难[1]。他们体味到了歌德片刻的沉静从容,但也清楚波德莱尔为何要向上帝呼喊——

> 主啊,请赐予我力量与勇气
> 让我不带憎恶地打量自己的身心。[2]

从莎士比亚的十四行诗中,他们提取了他爱的奥秘并化为己有——那或许对他们没有好处。他们以新的眼光审视现代生活,因为他们聆听了肖邦的夜曲,欣赏到了古希腊的艺术品,或阅读了某位已

---

[1] 引自但丁《天堂》第十七歌,59—60行。
[2] 原文为法语,引自夏尔·波德莱尔的《恶之花》。

逝男人的爱情故事——他深爱某位已死的女人，她的秀发有如金丝，双唇好似石榴。但艺术家的心性必定与其所表达的东西相一致。不论是通过文字还是色彩，通过音乐还是大理石，从埃斯库罗斯戏剧用的彩绘假面具后面，还是某位西西里牧羊人用芦苇做的排笛中，艺术家的为人与其所传达的信息都必定会显露出来。

　　对艺术家来说，表达是他领会生活的唯一方式。在他看来，喑哑的东西就等于死物。但基督不这样看。凭借宽广神奇、令人敬畏的想象力，他将整个缄口结舌的世界、无声痛苦的世界收作自己的王国，自己担任它永恒的喉舌。我所说的那些人，在压迫下喑哑、"其沉默只有上帝能闻"的人，被他选为手足。他意在成为盲人的眼睛、聋人的耳朵、口舌被禁锢的人的呐喊。他的渴望，就是化作一只喇叭，让无法开口的众生通过他呼唤天堂。对他来说，悲哀与受苦都是践行自己审美的方式，他特有的艺术气质让他感到，一个理念若不加实现，不成为具体的形象，便没有价值。因此他将自己作为悲哀者的形象，就这样吸引、主宰了艺术，连古希腊诸神也未曾受到如此的尊崇。

　　那是因为，希腊诸神虽有着白皙红润的轻捷肢体，却表里不一。阿波罗眉宇的弧线好似黎明从山头探出的半轮朝阳，他的双足仿佛晨曦的翅膀，但他对马耳叙阿斯却极为残酷，又狠心地杀绝了尼俄伯的儿女；帕拉斯·雅典娜如同钢盾的双眼，丝毫没有对阿拉克涅的怜悯；赫拉除了她的显赫气派和圣兽孔雀外，再没有任何高贵之处；那"众神之父"本人，则太爱沾染凡人的女儿。至于希腊神话中仅有的两个具有深刻含义的人物，一位是宗教方面的德墨忒尔，可作为大地女神，她不属于奥林匹斯主神；另一位是艺术方面的狄奥尼索斯，是凡人妇女的儿子，但他出生的那一刻也正是他母亲的死亡之时。

然而，生活从它最低下卑微的层级中诞生了一位比普洛塞庇娜之母和塞墨勒之子更加非凡的人物。从拿撒勒的木匠铺中走出了一个人，比任何神话或传说中的都伟大得多，而且，说来奇怪，他命中注定要向世界揭示酒的宗教内涵①和野地里的百合花的真美，而酒神沐浴过的喀泰戎山或鲜花盛开的恩纳山谷，都没有人做到这点。

《以赛亚之歌》中的诗句，"他被藐视、被人厌弃、多受痛苦、常经忧患。他被藐视，好像被人掩面不看的一样"②在他看来预示着自己的命运，并且这预言也在他身上应验。我们不该惧怕"预言应验"的说法。每一件艺术品都是一个预言的应验。因为每一件艺术品都是理念向形象的转换，每一个人都应是一个预言的应验。因为每一个人都应借自身实现某种理想，不管是上帝的理想还是凡人的理想。基督找到了预言，并将其实现，于是一位维吉尔式诗人的梦，在耶路撒冷或巴比伦，经历漫漫数个世纪，凝结在这位全世界翘首等待的人身上。"他的面貌比别人憔悴、他的形容比世人枯槁"③，以赛亚如是指出了新理想的特征之一，而艺术已理解了其中的含义，就似花朵一般开放在了他的面前——这位前所未有地展示了艺术中的真实的人。因为，艺术中的真实不正是如我所说的"使外在表达内在，使灵魂具象化，使实体富有精魂，使形式揭示内涵"吗？

对我来说，历史上最大的憾事便是，基督的复兴带来了沙特尔

---

① 基督教中葡萄酒象征基督的血。——译者注
② 引自《圣经·以赛亚书》53:3。
③ 引自《圣经·以赛亚书》52:14。

大教堂、亚瑟王传奇、圣方济各的生平、乔托的艺术和但丁的《神曲》，却没有机会顺其自然地发展下去，而是被无趣的古典美学复兴打断了，给我们留下了彼得拉克、拉斐尔的湿壁画、帕拉第奥式建筑、形式化的法国悲剧、圣保罗大教堂、蒲柏的诗作，以及一切用僵死的规则从外部打造、并非经某种精神提点而发自内部的东西。但无论何时何地，只要发生了艺术上的浪漫主义运动，基督或基督的灵魂就必定以某种形式存在。他存在于《罗密欧与朱丽叶》，存在于《冬天的故事》，存在于普罗旺斯抒情诗，存在于"古舟子咏"，存在于"无情的妖女"，也存在于查特顿的《慈善之歌》。

那些异彩纷呈的人和物都要归功于他。雨果的《悲惨世界》、波德莱尔的《恶之花》、俄国小说中的悲悯之意、伯恩·琼斯与莫里斯设计的花窗、壁毯和15世纪风格的作品、魏尔伦和他的诗作，都属于他，正如乔托钟塔、兰斯洛特与桂妮薇儿的故事、《唐豪瑟》、米开朗基罗忧郁的浪漫主义大理石像、尖顶的建筑、对孩童和鲜花的爱一样——古典主义艺术实在没为孩童和鲜花留下多少位置，几乎没有可供他们玩耍生长的地方，但自12世纪起一直到今天，他们总是以各种方式不断地出现在艺术作品中，像孩童和鲜花惯常的那样，任性地时来时去；春天里，鲜花似乎都躲了起来，只是因为担心大人找得久了会累得放弃，才破土迎向阳光，而孩童的生活，就像是时晴时雨、滋养水仙的四月天。

正是基督富有想象力的天性使他成为浪漫搏动的心脏。诗剧或歌谣中的奇人皆由他人的想象力塑造而成，拿撒勒的耶稣却以自己的想象力塑造了自己。以赛亚的呼唤与他的来临，两者的关系就像夜莺的歌唱与月亮的升起——没有什么关系,也许又有什么关系。他既驳斥了预言又证实了预言。他每实现一种期望,就打碎了另一种期望。培根说,一切的美,都具有"些许比例上的怪异之处"①,而基督又说,那些生来便有这种精神的人,即那些与他一样,生来便精力充沛的人,就像那风"随着意思吹,你听见风的响声,却不晓得从哪里来,往哪里去"②。这就是艺术家为他着迷的原因。他具备生活的所有色彩要素——神秘、奇异、悲怆、暗示、狂喜和爱。他迎合人们的惊叹之心,激起这种情绪——只有通过惊叹,人们才能理解他。

而如果他"都是幻想的产儿"③,那么世界也必定是由同样的材料构成,这个念头令我振奋。我在《道林·格雷的画像》中说过,世上的大罪恶都是在脑中犯下的,但万事万物都发生在脑中。我们现在知道了,我们并不依靠眼观耳闻。眼睛和耳朵——不论是否好用——只是传输感官印象的渠道。只有在脑中,罂粟才是红色,苹果才有果香,云雀才会歌唱。

最近我在认真研读那四首关于基督的散文诗。圣诞节时,我设法拿到了一本古希腊语的《新约》。每天早上,清理好牢房,洗刷好碗碟,我都会打开福音书,读一读随手翻到的几节。以这样的方式开启一天,让我心情舒畅。你天天过着混乱放荡的生活,如果照我这样做,会大有益处。其中的收获不可估量,这希腊文本也并不难读。

---

① 引自"谈美",作者为哲学家、散文家弗朗西斯·培根(1561—1626)。
② 引自《圣经·约翰福音》3:8。
③ 引自《仲夏夜之梦》。第五幕第一场中忒修斯说:"疯子、情人和诗人,都是幻想的产儿。"

日复一日，年复一年，没完没了的重复已经败坏了福音书的单纯、清新，还有它简单浪漫的魅力。我们听人诵读福音，听了太多遍，读得又太差，况且一切重复都是没有灵魂的。因此，回归希腊文本时，就仿佛从狭窄昏暗的屋里走进一个开满百合的花园。

而我阅读中的愉悦是双倍的，因为我思考后认为，我读到的极可能是基督亲口说出的原话，即拉丁语中所谓的"isissima verba"。学界一直认为基督使用亚拉姆语。连勒南也那样想。但现在，我们知道加利利农民，就像与我们同时代的爱尔兰农民一样，能说两种语言，而且当时的巴勒斯坦乃至整个东方世界都普遍使用希腊语。想到我们只能通过一个译本的译本来了解基督的话语，我总是很难受。所以我乐于想象他的谈吐：或许卡尔米德[①]曾听他讲道，或许苏格拉底曾与他探讨，或许柏拉图理解他的学说。他真的说了"我是好牧人"[②]；当他想到野地里的百合花，他所用的字眼就是"你想野地里的百合花，怎么长起来，它也不劳苦，也不纺线。"[③]而当他喊出"成了"——我的生命结束了，完成了，完满了——他的遗言正是圣约翰所记录的"成了"[④]，一个字也未再说。

读着福音书——尤其是圣约翰本人或早期诺斯替教徒借他的名号所写的部分——我能看这种贯穿全文的宣告，想象力是精神和物质

---

① 柏拉图所著同名对话著作的主人公。该著作以美德为主题，而卡尔米德被塑造为一位年轻俊美的青年，是美德的典范。王尔德曾写过一首题为《卡尔米德》的诗。
② 出自《圣经·约翰福音》10:11和10:14。
③ 出自《圣经·马太福音》6:28。
④ 引自《圣经·约翰福音》19:30。

生活的基础；我也看出，对基督而言，想象力只是爱的一种形式，而爱才是真正意义上的主。大约六周以前，医生允许我吃白面包，而不是犯人通常食用的粗粝黑面包或褐面包。那可是一种难得的佳肴。你大概会奇怪，竟有人将干面包当成佳肴。我要告诉你，它对我来说是那样珍贵而美味，我每一餐最后都会从白铁盘子上，或是从垫在盘子下、以免脏污桌面的粗毛巾上仔仔细细地捡起每一粒碎屑，吃完。我这样做不是因为饥饿，我现在的食物足以果腹了，我只是不想浪费任何给予我的东西。人对待爱也应该如此。

基督和一切有魅力的人一样，不仅自己能说出动听的话语，也能使别人对他说出动听的话。我喜欢圣马可所讲的那个希腊妇女——"γυνή ελληνις"——的故事：为考验她的诚心，基督对她说他不好拿以色列儿女的饼给她吃，她便回答，小狗——"κυνάρια"准确的译法应该是"小狗"——在桌子底下也吃孩子们的碎渣儿①。多数人为爱与欣赏而活，其实我们应以爱与欣赏为生。若有人将爱给予我们，我们应当认清自己不配。没有人配得上他人的爱。神爱世人，这表示，在理想化事物的神圣法则里，写明了永恒的爱必将给予永远不配的人。如果你觉得这话苦涩逆耳，也可以说，所有人都值得被爱，除了自以为值得被爱的人。爱是一件应该跪受的圣物，而"主啊，我当不起"②应挂在所有收到爱的人的嘴边和心里。我但愿你有时能那样想想。你太需要了。

---

① 出自《圣经·马可福音》7:26—30。
② 原文为拉丁语，罗马礼弥撒中圣餐仪式前的祈祷词。

如果我还会写作，我指的是产出艺术作品，我只希望在两个主题上——并且借这两种主题——表达自己的想法：一是"基督，生活中浪漫主义运动之先驱"；二是"艺术生活与行为的关系"。前者自然是个引人入胜的主题，因为我在基督身上不仅看到了极度浪漫的特质，也发现了浪漫天性的随机乃至任性。他是第一个让人们"如花"一样生活的人，是他创造了这种说法。他将儿童视为人们应学习的模范，将他们举为年长者的榜样——我向来认为这正是儿童的主要功用，如果完美的事物也应具有功用的话。但丁写道，人的灵魂走下上帝的手时"像小儿似的哭了又笑"，基督也认为每个灵魂都应如"一个时而哭、时而笑的撒娇的小女孩"①，他认为生活应该多变、不定、活跃，让生活固化为某种模式便等于死亡。他说，人们不该过多在意物质和俗利，不切实际虽是件好事，但也不要太为外物所扰。"飞鸟全不忧虑，为什么人要发愁？"他说这话时散发着魅力，"不要为生命忧虑。生命不胜于饮食吗、身体不胜于衣裳吗。"②后面这句话就像古希腊人会说的，包含古希腊的韵味。但只有基督能说出这两句话，就这样完美地总结了人生。

他的道德是纯粹的同情，而道德正当如此。哪怕他一生只说过"她许多的罪都赦免了，因为她爱得多"，说出这句话也死而无憾了。他的公正是纯粹诗意的公正，而公正正当如此。乞丐得以上天堂，因为他生前不幸。我再想不出比这更好的缘由了。凉爽的夜晚在

---

① 引自但丁《炼狱》第十六歌，86—87行。
② 引自《圣经·马太福音》6:25和6:34。

葡萄园工作一个小时的人，和在烈日下劳作了一整天的人都得到一样的报酬。为什么不呢？或许他们谁也不配得到任何东西，又或者他们是两种人。基督没有耐心理会那些既无趣味也无生气、把人当作物品的机械制度，而是平等待人，就好像天下所有人，甚至所有东西都是一模一样的。对他来说，不存在律法，只有例外。

浪漫主义艺术最核心的因素，对他来说，可能只是日常生活理所应当的基础。他也想不出其他的基础。他们把一个犯罪时被当场抓住的人带到他面前，给他看律法吩咐的刑罚，问他该怎么样。他却像没听见一样用指头在地上画字。最后，他们催了一遍又一遍，他才直起腰来说："你们中间谁没有罪，谁就可以先拿石头打她。"说出这句话，便生而无憾了。

和所有诗意的个性一样，他喜爱无知的人。他知道，无知的灵魂中，总有生出绝妙思想的空间。但他忍受不了蠢人，特别是被教育变蠢的人——那些人见解很多却其实什么也不懂。他们是极其现代的一群人，被基督描述为掌握了知识的钥匙却不会使用、也不许他人使用的人，尽管他人也许能用它开启神的国度。他首要的敌人就是庸人。这些人也是所有光明的子女的敌人。基督生活的年代和社会里，庸俗是主旋律。在他的时代，耶路撒冷的犹太人闭目塞听，貌似体面实则呆板，一味保守乏味的正统，崇拜庸俗的飞黄腾达，心里只有生活中物质的一面，又自命不凡，和我们英国的庸人一模一样。基督嘲讽他们的体面好似"粉饰的坟墓"，让这话永远流传。他将世俗的成功当作一件可鄙的事，认为它毫无价值。他把财富看作负累，也不接受人因任何思想或道德体系牺牲生命。他指出，形式与仪式是为人服务的，而非凌驾于人之上。他把安息日也视为应该废除的东西。冷冰冰的慈善活动、摆阔的公共募捐，那些中产阶级挚爱的形式主义，他都毫不留情、不屑一顾地一一揭露。对我们来说，所谓的正统只是随随便便、不过脑子便默许的成规，但在他们看来，在他们手中，正统便是一种可怕的、使人麻痹的暴行。基督把它抛到一边，指出精神本身就具有价值。他乐于向他们证明，虽然他们读了一辈子的律法书和先知书，却连一小部分也没有读懂。那些人像给薄荷和芸香分份缴什一税①一样，将每一天划成数个部分，每部分都定下固定的任务，基督却宣讲尽情活在当下是如何重要。

基督所拯救的罪人之所以能得到拯救，都是因为他们生命中美丽的瞬间。抹大拉的马利亚见到基督时，打碎了珍贵的玉瓶——那是她七个情人中的一个送给她的礼物——她将瓶里的香膏浇在基督疲惫、沾满泥土的脚上，便因这一瞬间的行为永远与路得和贝雅特丽齐同坐于天堂中雪白玫瑰的枝条间。基督对我们说的唯一有警告意味的话就是，每分每秒都应是美丽的，而灵魂应时刻警醒，准备着新郎的到来，时刻等待着它爱人的声音。庸俗只是人天性中未被想象力照亮的部分，因此他将生活的美妙影响全部看作或明或暗的光。想象力即为世界的光，希腊语中的"世界的光"：世界由它而生，世人却看它不透，因为想象力只是爱的一种表现形式，而正是爱和爱的能力，使人与人有了区别。

但他是在与罪人相处时才表现了最真的浪漫。世人向来喜爱圣

---

① 教会向农民征收的税，土地总产品的十分之一需上缴教会。——译者注

人，因为他们最接近上帝的完美。而基督，由于某种神圣的本能，似乎总是喜爱罪人，因为他们最接近凡人的完美。他首要的愿望并不是劝人改过，也不是减轻人的痛苦，把有趣的窃贼改造成乏味的老实人才不是他的目的。他若听说犯人救助协会等现代运动，大概要嗤之以鼻。他不会认为，把税吏变为法利赛人①算得上什么伟大成就。然而，他以一种世人尚未理解的眼光，将罪恶与受苦从本质上视为美好、神圣的事物，视为完美的体现。这种观点听起来很危险。的确如此。一切伟大的观点都很危险。毋庸置疑，这是基督的信条。我坚信这是真正的信条。

当然，罪人必须悔改。但为什么呢？只是因为，不悔改，他们就认识不到自己的所作所为。悔改的时刻就是新生的时刻。不只如此。悔改是改写过去的方法。古希腊人认为那是不可能的，他们常说的格言警句就是"诸神也改变不了过去"。基督却证明即使最卑贱的罪人也能做到这一点，这是他们唯一能做到的事。如果有人问起，基督会说——我很肯定他会这样回答——当浪子跪下哭泣的一刻，他便真的将从前在娼妓身上浪掷资财、沦落到放猪、恨不得以喂猪的豆荚充饥的经历都变成了生活中美好、神圣的插曲。这对多数人来说都难以理解。我敢说，只有进过监狱的人才能理解。如果真如此，牢狱之苦也值得一尝。

基督是个独特的人物。当然，正如真正的黎明到来前会有令人误

---

① 犹太人的一种宗派，强调对摩西律法的严格遵从，后指一味为保持纯洁而疏远世俗的人。——译者注

以为黎明的微光,严冬里会有几天阳光灿烂,骗得那智慧的番红花时节未到就白白亮出了花瓣的黄金,也哄得一些愚蠢的鸟儿呼唤伴侣,在枯枝间搭起巢穴。同样,在基督之前就有了基督徒。为此我们理应感激。不幸的是,之后却再无一个基督徒了。只有一个例外,就是亚西西的圣方济各。但毕竟,上帝在他出生时就赋予了他诗人的灵魂,他自己则在很年轻时便将贫困当作新娘,缔结了神秘婚姻。于是,有着诗人灵魂和乞丐身体的他,达到完美并不困难。他理解基督,因此成了基督那样的人。我们不需要参考《顺从书》①就能看出圣方济各的一生是真正的"遵主圣范":他是一首诗,相比之下那本同名的书籍只是单调的白话而已。

是的,说到底,这就是基督的魅力。他本身便是一件艺术品。人们从他那里其实学不到什么,但见到他之后确实会经历某种转变。而每个人都注定要见到他,一生中至少有一次,每个人都会和基督一道走向以马忤斯②。

至于第二个主题,艺术生活与行为的关系,你无疑会奇怪我竟然选择了它。大家会指着雷丁监狱说"艺术生活就会把人引到这种地方"。不过,它还可能将人带至更糟的地方。对比较机械的人来说,生活就是精明计较,一切都凭仔细的安排算计,这样的人永远了解

---

① 一部14世纪的书籍,由比萨的巴托洛缪神父所作。书中对比了基督与圣方济各的生平。
② 耶路撒冷附近的一个村子。《圣经·路加福音》记载:耶稣死后三天,门徒听说他的尸体不见了。当天,两个门徒去往以马忤斯,边走边谈论此事,耶稣加入他们,与他们同行,但他们并没认出他来。——译者注

自己前进的方向，也一心朝着那里去。如果他们的初衷是成为教区执事，那么不论他们身处什么层次，都会成功当上教区执事，也当不了别的。一个人若想做独立于自己以外的人，做一个议员、一个成功的杂货商、一个杰出的律师，或其他同样乏味的人物，就一定会如愿以偿。那就是对他们的惩罚。想要假面具的人就必须时刻戴着它。

但生活中那些蓬勃的力量，还有使那些蓬勃力量具象化的人们，都不一样。如果一个人唯一的愿望就是自我实现，他就永远了解不了自己前进的方向，也不可能了解。当然，从某种意义上来说，人们确实有必要像古希腊神谕所说的那样，"了解自己"。这是知识能达到的第一项成就。然而，智慧的最终成就，则是意识到人类的灵魂是不可知的。世上的终极谜团就是我们自己。哪怕我们用天平称出了太阳的重量，丈量了月亮的步伐，测绘了七重天堂的每一颗星辰，还会剩下自己。有谁能计算自己的灵魂轨迹？基士之子[①]出发寻找父亲的驴子时，并不知道有一位神人正等着为他涂膏加冕，而自己的灵魂已成为王者的灵魂。

我希望能活得足够久，写出一部作品能让我在走到生命尽头时说："没错，艺术生活将人引向的正是这里。"我在自己的时代中所见过的两段最完美的生活，分别属于魏尔伦和克鲁泡特金亲王[②]：二人都曾身陷囹圄，前者是但丁之后唯一一位基督徒诗人，后者则有着似乎来自俄国的美丽白人基督的灵魂。而在过去的七八个月中，虽然

---

① 指扫罗，出自《圣经·撒母耳记上》。——译者注
② 保罗·魏尔伦（1844—1896），法国诗人；克鲁泡特金亲王（1842—1921），俄国无政府主义者，作家。

铁窗外的世界几乎接连不断地传来凶讯，但我通过一些人与事直接接触到了一个刚来这狱中工作的人，他的精神为我带来了任何词语都无法言表的帮助。因此，尽管我在监禁的第一年什么也没做，如今也记不起做过任何其他事情，只知绞扭着双手，无能又绝望地念着"好一个结局！好一个悲惨的结局！"现在，我却努力对自己说——有时，我没在折磨自己时也能真心诚意地说："好一个开端！多么美好的开端！"或许真是这样，或许真会这样。如果这真的成为新的开端，那么，对这位改变了此地所有人生活的新人，我便欠下太多了。

事物本身并不重要，而且——姑且让我们感谢形而上学的教导——并不真正存在。唯一重要的是精神。施加惩罚时，其特定的方式可以带来治愈而非伤口，就像给予施舍时，特定的方式可以将施舍者手中的面包变成石头。多么大的转变——监狱的规章并没有变，因为它们是不可动摇的铁律，变的是借规章表达出的精神——我说了你就会理解，假如我争取到了机会，在去年5月获释，我离开时就会厌恶这个地方及每一个狱卒，那份刻骨的仇恨定会毒害我的余生。虽然我的监狱生活多了一年，但是人道一直在狱中，与我们所有人同在，现在，我出狱时，将永远铭记这里所有人给予我的善待，我会在获释那天向许多人致谢，并且请他们也不要忘记我。

监狱系统彻彻底底地错了。出狱之后，我愿不计代价地纠正它，我要试一试。但是，世界上再大的错误，也没有一件不能由人道精神——也就是爱的精神，教堂之外的基督的精神——纠正过来，至少也能变得较好承受，不至于引起太多怨愤。

同样，我知道外面有许多美好怡人的事物等待着我，从圣方济各所说的可亲的"风兄弟"和"雨姐妹",到大都市的店铺橱窗与日落。要是把尚且属于我的事物列出一个清单,我简直不知道要写多少才是个头,毕竟,上帝创造的这个世界属于别人,也属于我。也许,我离开时还会收获从前不曾拥有的东西。你很清楚,对我来说,道德改革就和宗教改革一样空洞庸俗。不过,尽管说计划成为更好的人纯属荒谬的空话,变得深沉却是受苦者的特权,而我认为自己正是如此。你可以自行判断。

我出狱后,如果某些朋友没有请我参加他的宴会,我丝毫不会介怀。我独处也能一样快乐。有了自由、书籍、鲜花和明月,谁快乐不起来呢?何况,我不再享受于宴会了。以前我过于在乎那些,但对我而言,生活的那一面已经结束了,要我说这实属万幸。然而,如果我出狱后,朋友遇到了不幸却不让我分担,我反而会非常痛心。如果他紧闭哀悼的门户,将我挡在外面,我一定会再次上门,恳求他让我进去,让我分担我所理应分担的。要是他认为我不配,不适合陪他一道哭泣,我会把它当作奇耻大辱,当作所经受的最严重的羞耻。但那是不可能的。我有分担悲哀的权利。而一个人,若既能看到世界的美好,又能分担世界的悲哀,还能领会到二者的奇美,他就与神圣事物达成了直接的联系,且最为接近上帝的心意。

也许一种更为深沉的基调也会像进入我的生活那样融入我的艺术,表现出更加和谐的激情和更加直率的冲动。现代艺术的真正目标不是广度,而是深度。我们如今的艺术已不再关注一般化的形式。我们追求的是例外。我无法将所受的苦楚放入任何旧的艺术形式中,这点不言自明。跳出模仿才能得到艺术。到头来,我的作品中必然会融入某种东西，使我的词句更加和谐，音韵更加丰富，色彩更加奇妙，结构更加简洁，无论如何，必定具有美学质量。

古希腊人传说，当马耳叙阿斯[1]被阿波罗"从他的肢体的鞘里抽出"——引用但丁这句最为凶残、最塔西佗式的精辟比喻：dalla vagina delle membre sue[2]——他便再不能演奏了。阿波罗是最终的胜利者。诗琴战胜了芦笛。但或许，古希腊人错了。我在现代艺术中时常能听到马耳叙阿斯的呼喊。这一呼喊在波德莱尔的作品中是苦涩的，在拉马丁的作品中是甜蜜而幽怨的，在魏尔伦的作品中则是神秘的。肖邦音乐里延迟的解决和声中，有它的存在。伯恩·琼斯画作里反复出现的女性面孔上，那萦绕不散的愁绪中，有它的存在。甚至马修·阿诺德也一样，虽然他所作的卡里克利斯之歌以明晰的抒情之美讲述了"甜美动听的诗琴大获全胜"和那"著名的最后胜利"，但即便是他，诗中由怀疑与痛苦组成的挥之不去的不安基调里，也带着不少马耳叙阿斯的呼喊。这位诗人曾追随歌德和华兹华斯，但二者都未能给他安慰，而当他哀悼"色希斯"或歌颂"吉普赛学者"[3]时，就只能以芦笛演奏他的乐曲。然而，不管这弗里吉亚的森林之神沉默与否，我绝不能沉默。表达之于我来说，就像花叶之于探过监狱围墙、在风中不住摇摆的黝黑树枝。现在，我的艺术和外界之间横亘了一道

---

[1] 出自希腊神话，一位森林之神。他捡到了被雅典娜扔的长笛，练出了高超的技艺后挑战阿波罗。两人比赛演奏，失败者可让对方任意处置。阿波罗获胜后剥了他的皮。——译者注
[2] 引自但丁《天堂》第一歌第20行。
[3] 两个都是马修·阿诺德诗作的题目。——译者注

宽阔的鸿沟，艺术和我却毫无间隔。至少，我希望没有间隔。

我们每个人都被分配了不同的命运。自由、欢娱、享乐，一生安逸是你的运道，你却配不上它。我的运道是身败名裂、长期监禁、痛苦哀愁、破产和耻辱，而我同样配不上——至少目前还配不上。我记得我曾说过，我认为，如果真正的悲剧穿着紫色的祭服、戴着高贵的忧愁的假面具，我便能承受那悲剧。可现代性的可怕之处在于，它给悲剧披上了喜剧的外衣，使得伟大的现实都显得或平庸，或怪诞，或缺乏格调。现代性正是这样。现实生活恐怕也一直如此。有人说，一切牺牲在看客眼中都一文不值。①这条成规在19世纪依然适用。

我的悲剧从各方面看来都丑陋、一文不值、令人厌恶、缺乏格调。我们的衣装就使我们怪诞。我们是悲哀的弄臣，是心碎的小丑，是专门逗人发笑的道具。1895年11月13日，我从伦敦被带到这里。那天，从两点整直到两点半，我都不得不站在克拉珀姆交会站的中央站台上，身穿囚衣，手戴镣铐，任由全世界围观。我未经提前通知就被带出了医务室。在周遭一切事物中，我是最怪诞的一个。人们看到我便哂笑不停。每列到站的火车都增加了观众的数量。再没有什么事更能让他们高兴了。自然，那是他们知道我的身份之前。他们一了解了情况，就笑得更厉害了。整整半个小时，我都站在11月灰蒙蒙的雨中，被一群乌合之众包围着讥笑。那次遭遇后的一年中，我每天都会在那个钟点哭泣，哭上同样的时间。而那并没有你可能认为的那样悲惨。对身处囚牢的人来说，泪水是每日必有的元素。在狱中，如果谁

---

① 出自爱默生《论经验》。

一天无泪,就意味着他那天心肠冷硬,不代表他心里高兴。

说起来,如今,比起同情我自己,我真的渐渐转而同情起了那些嘲弄我的人。自然,当他们看到我时,我并不在神坛上。我是在戴枷示众。但只有极度缺乏想象力的人才会只关心神坛上的人物。毕竟神坛可以是种十分虚幻的东西。枷锁却是真正存在的可怕实物。他们也本该更懂得解读悲哀。我说过悲哀背后永远还是悲哀。更通达的说法应是:悲哀背后永远是一个灵魂。而嘲讽痛苦的灵魂是一件恶劣的事。做出此事的人没有美丽的人生。世上出奇简单的经济秩序,就是种瓜得瓜,种豆得豆,若是一个人的想象力不足以洞穿事物的外表,让他感到怜悯,那么,除了蔑视,他人又能给他什么怜悯呢?

我给你讲述我被转移到此地的情形,只是为了让你明白,我一直以来,要从惩罚中得到除怨恨和绝望以外的收获,是何其不易。然而我必须这样做,并且时不时经历片刻的屈服和释然。一个花蕾或许蕴藏着整个春天,云雀建在地面上的巢穴或许容纳着喜悦,即将预报许多玫瑰红的晨曦,生活里仍属于我的美好或许也以同样的方式,存在于片刻的屈服、贬损和屈辱中。无论如何,我可以单纯地沿着自己发展的轨迹前进,并且接受一切经历,使自己配得上这段命运。

以前人们常说我过于个人主义。可我现在必须比以往更加我行我素。我必须比以往更多地向自己索取,而比以往更少地向社会索取。毕竟我身败名裂的源头不是生活中特立独行得太多,而是太少。我一生中唯一斯文扫地、不可饶恕、永远令自己鄙视的行动,就是在受到你父亲的攻击时向社会请求帮助和保护。从个人主义的角度看来,单单做出这种请求就已经很不光彩了,但为了应对那样一种性格德行,我还有什么理由向社会发起呼吁?

　　自然,我一启动社会的力量,社会便转而向我进攻,斥道:"你不是一直无视我们的律法吗?如今竟来请求这些律法的保护?那些律法会毫无保留地行使在你的身上。你所请求的法律,你必须遵守。"结果就是我获刑入狱。在治安法庭开始的对我的三次审判中,我曾经不无苦涩地感叹自己处境的讽刺和屈辱,我时常看到你父亲走来串去,意图吸引公众的注意,就好像有谁会注意不到或记不住那马夫似的步态和穿着,那罗圈腿、抽搐的双手、突出的下唇,还有那野兽般龇牙咧嘴、一副痴相的笑脸。即使他不在场,或不在视线范围内时,我仍能感知到他的存在,有时在大法庭光秃凄惨的四壁上,甚至空气之中,似乎都挂满了无数猿猴似的脸孔。无疑,从古至今从高处跌落的人,从未有人像我一样以这样下贱的方式,遭了这样下贱之人的毒手。我在《道林·格雷的画像》中曾写过:"选择敌人时再怎么小心也不为过。"我却从未想过自己会被一个贱民害得沦为贱民。

　　你催促我、逼迫我向社会求助,这正是我如此鄙视你的原因之一,也让我因屈服于你而鄙视自己。你不将我作为艺术家赏识,这完全可以原谅。那是性格使然,你也没有办法。但你仍可以重视我作为个人主义者的特质,那是无须任何素养就能做到的,但你并没有。就这样,你把庸俗的元素引入了一种曾全力抵抗,甚至可以说完全消失了的庸俗的生活方式。而生活中的庸俗并不是不懂艺术。渔民、牧羊人、耕童、农民等可爱的人对艺术一窍不通,却真正是"世上的盐"①，是社会的中坚。庸俗的人坚持并维护社会那沉重、累赘、盲目、僵化的力量，即便在某人或某个运动中遇到了鲜活的力量，也视而不见。

世人将我认作糟糕的人，因为我曾把生活中的罪孽请上餐桌，并享受于它们的陪伴。而我以生活中的艺术家的视角看来，他们总能勾起我的联想、刺激我的感官，让我心情愉悦。就像与猎豹同食，一半的兴奋感都在于其中的危险。我想像耍蛇人引诱眼镜蛇爬出它栖身的花布或芦苇筐，使它蓬起颈部的皮褶，像水草在溪水中缓缓漂动似的在空中来回摇摆上身，我那时的感觉大概同耍蛇人一般无二。对我来说，他们就是最明艳的眼镜蛇。他们的毒液也构成了自身的完美。我没有想到，最终他们咬我的时候，会是因为你的笛声和你父亲的金钱。我完全不以结识他们为耻。他们个个都极其有趣。我确实真正引以为耻的，是你传染给我的可怕的庸俗气息。作为艺术家，我打交道的对象本应是爱丽儿，你却安排我去和凯列班②角斗。我本应创作如《莎乐美》《佛罗伦萨悲剧》《圣妓》那样色彩美丽、宛如音乐的艺术作品，却被迫给你父亲写去一封封长长的律师函，并向我长久以来所批判的事物求援。克利本和阿特金斯在与生活的龌龊战争中表现绝佳，请他们做客是一种震撼人心的冒险。大仲马、切利尼、戈雅、埃

---

① 出自《圣经·马太福音》5:13。"你们是世上的盐。盐若失了味，怎能叫它再咸呢。以后无用，不过丢在外面，被人践踏了。"这里指优秀的人、佼佼者。——译者注

② 莎士比亚《暴风雨》中的人物。爱丽儿是一个机智的精灵，凯列班则是女巫所生的怪物。——译者注

德加·爱伦·坡也会做出与我同样的事。令我厌恶的是另外这些记忆：你陪着我去见律师汉弗莱，在那些冗长的会晤中，你和我坐在昏暗房间里惨白的光线下，严肃地板着脸对一个秃顶的男人撒谎，直说到我厌烦地呻吟出声或打哈欠。与你结下了两年的友谊，我便沦落到了这种地步，陷于庸俗的正中心，远离一切美好、辉煌、奇异或大胆的事物。最终，我只好代替你站出来，捍卫可敬的行为、生活中的道德和艺术中的准则。看那歧途通向何方啊！①

在我看来奇怪的是，你竟会模仿你父亲最显著的性格作风。我无法理解你为何会将他作为榜样而非前车之鉴，唯一的解释只有，只要两个人之间存在恨意，也必然存在某种纽带或手足情谊。我猜想，你们互相憎恶是由于某种同性相斥的诡异规律——不是因为你们过于不同，而是因为，在一些方面，你们过于相像了。1893年6月，你离开了牛津，没有拿到学位却带了一身债务。债务的数额本身不大，但对你父亲的收入水平来说却十分庞大，你父亲便给你写了一封粗鄙异常、暴跳如雷、污言秽语的信。你寄给他的回信糟糕得多，当然也更加不可饶恕，你也因此得意至极。我清清楚楚地记得，你摆出了一副不可一世的态度对我说，你要"以其人之道还治其人之身"，压倒你的父亲。这话固然不假。可这是一种什么样的"道"啊！又是一种什么样的竞争！你总是嘲笑你父亲，因为他住在你表亲家里，却经常搬到附近的旅馆，只为了从那里给他寄回脏话连篇的信件。你对我也常做同样的事。你和我在公共餐厅里午餐时，常常吃着饭便拉下脸来，或

---

① 原文为法语，引自巴尔扎克《烟花女荣辱记》。

者当众大闹一番，然后便去怀特俱乐部写一封极尽侮辱的信寄给我。你们父子唯一的区别在于，你将信通过专人送出后，本人也会在几个小时后出现在我的房间，不是为了道歉，而是问我是否在萨沃伊酒店订好了晚餐，如若没有，为什么没订。有时你骂我的信件还没开封，你就已经到了。我记得有一次，你叫我在皇家咖啡厅招待你的两位朋友，其中一位我甚至从未见过面。我照做了，并且按你的特别要求提前订好了一席非常奢侈的午餐。我记得，我专门与厨师面谈，并对酒水做出了详细的安排。可你非但没有来吃午餐，还向咖啡厅寄了一封信对我横加漫骂，你甚至计算好了时间，信送达时我们刚好等了你半个小时。我读了第一行，看出是那类信，就把它收进了衣袋，对你的朋友解释，说你突然生了病，信中后面的内容都在描述你的症状。事实上，我一直等到当晚，准备更衣去泰特街吃晚餐时才读完了这封信。我在那泥淖般污秽的词句中跋涉，带着无尽的悲哀思索，你怎能写出这种信——它明明就像癫痫病人唇上因发狂而吐出的白沫。这时，佣人进来报告说你到了厅里，急着要见我五分钟。我立即传话请你上来。你来了，我承认你看起来惊慌失措，面色苍白，你求我提供建议和帮助，因为你从律师林利那里听说，有人在卡多根广场打听你的消息，你因此担心牛津的老麻烦或某个新威胁又降临到你的头上。我安慰你，对你说，他找你大概只是因为你欠了某家店的钱而已，事后证明我说得没错。我又留你一起吃了晚餐，和我度过了一整个晚上。对那封恶毒的信件你只字未提，我也一样，我只将它当作一种不幸脾性的不幸症状。我们的谈话完全没有涉及这一话题。两点半写信侮辱我，又在当天下午七点十五分跑来向我寻求帮助与同情，这在你的生活中，不过是再平常不过的事。你的这类习惯也和其他方面一样，比你父亲有过之而无不及。法庭上，他写给你的那些可鄙的信被当众宣读，他自然感觉羞耻，于是假装哭泣。可如果是你写给他的信被他的律师宣读出来，听众的震惊与厌恶肯定还要翻上几番。你"以其人之道还治其人之身"，也不仅限于文字风格，在进攻模式上也远远地将他甩在了后面。你竟利用公共电报和明信片。我想，你完全可以把这些惹人讨厌的伎俩留给阿尔弗雷德·伍德之流，毕竟他那种书记员便是以此为生。不是吗？被他和他那个阶层当作职业的事情，却是你的爱好，一种可恶的爱好。而你如今也没有放弃这写信骂人的可怕习惯，尽管我直接、间接地为了这类信已付出了如此大的代价。你仍将它当作一种成就，并把它用在我的朋友身上，像罗伯特·谢拉德那样在我入狱后依然善待我的人都受过这样的伤害。你这样真是丢人现眼。我对罗伯特·谢拉德说，不希望你在《法兰西信使》上发表任何关于我的文章，不管附不附信件都不可以。在这之后，你本该感激他确认了我的意愿，也无意间使你免于给我造成更多的痛苦。你要记得，写一封拿腔作调的庸俗信件为"失势的人"讨个"公道"，发表在英国报纸上没有问题，因为这继承了英国新闻杂志业长久以来对待艺术家的态度。但换作在法国，这种腔调就会为我招致嘲弄，也给你带来鄙夷。若不了解清楚文章的目的、态度、行文方式等，我不会允许任何人发表任何关于我的文章。在艺术中，好心一钱不值，低劣的艺术作品全部是好心的后果。

我的朋友中也不是只有罗伯特·谢拉德收到了你尖酸刻薄的信件，而你写信的原因只是，他们认为与我相关的事情需要首先征求我的意见与感受——比如,是否应该发表谈论我的文章、把诗集题献给我、公开我的信件和礼物,等等。除他以外,你还骚扰或是企图骚扰别人。

你有没有想过,如果过去两年艰苦的刑期中,我只能依靠你的关照,我的处境会多么糟糕?你考虑过吗?你可曾感谢那些有着无尽善意、无穷热诚、乐于给予的人?因为是他们减轻了我黑暗的重负,一次次地看望我,写来一篇篇优美而饱含同情的信件,帮我料理事务,为我安排未来的生活,在辱骂、奚落、公开讥笑甚至侮辱的尖牙下仍与我站在一起。每一天我都感谢上帝赐予我除你之外的友人。我的一切都多亏了他们。我牢房里这几本书,都是罗比用自己的零用钱所买。我出狱时,他也将用自己的钱为我购置衣物。收下他人因爱与情谊给我的东西,我并不羞耻,我很骄傲。但你可曾思考过,莫尔·阿迪、罗比、罗伯特·谢拉德、弗兰克·哈里斯和亚瑟·克里夫顿不断给予我安慰、帮助、关爱、同情等,我这些朋友对我具有怎样的意义?我想你从未理解。然而,你要是还具有些许想象力,就会知道,在我铁窗生涯中善待我的每一个人,包括职责之外向我道早安晚安的狱卒,包括送我来往于监狱和破产法庭间的普通警察,他们竭力以自己粗犷的方式安慰心力交瘁的我,甚至那可怜的扒手,在旺兹沃思监狱的院子里走动放风时,他认出了我,便用囚徒那种长期被迫沉默导致的嘶哑嗓音对我耳语"我为你难过:这种日子对你这种人来说比对我们更不好过"——他们每个人,假若允许你跪在地上为他们擦净鞋上的污泥,你都该感到光荣。

不知你的想象力够不够让你明白,结识你一家人,对我来说是多么可怕的悲剧。只要一个人有地位、有声誉、有不愿失去的重要事物，这都会是多大的悲剧！你一家长辈，除了珀西是真正的好人，几乎没有一个人不曾以某种方式导致了我的毁灭。

　　前面我曾带着怨气说起你的母亲，我现在强烈建议你让她也读一读这封信，主要是为了你好。如果阅读这篇控诉她儿子的文章使她感受到了痛苦，就请她想一想我的母亲：她的才学堪比伊丽莎白·巴雷特·勃朗宁，历史地位能同罗兰夫人比肩，却心碎而死，因为她向来为儿子的才华和艺术自豪，视他为一个杰出家族的合格接班人，他却要在苦役犯的踩踏车上蹉跎两年时光。你要问，你母亲以何种方式导致了我的毁灭，我这就告诉你。正如你一心把你自己所有违背道德的责任都推到我的身上，你母亲也一心把她所有的与你相关的道德责任推到我的身上。她不像一个母亲应该做的那样，同你面对面地谈谈你的生活，却总是私下里写信给我，又心惊胆战地恳求我不要让你知道她给我写了信。你想必能看出我在你和你母亲之间的尴尬处境。它就像我在你和你父亲之间的位置一样错误、荒唐又可悲。1892年8月和同年的11月8日，我与你母亲就你的问题长谈了两次。两次我都问她为何不找你面谈，两次她都给了我一样的回答："我不敢：一和他说话，他就发特别大的火。"第一次，我还不太了解你，所以完全不懂她的意思。第二次，我已经看透了你，因此完全理解她的意思。（两次谈话之间，你犯了黄疸病，医生要求你去伯恩茅斯休养一周。我也被拉上同去，因为你讨厌独自一人。）然而，母亲的首要职责就是，不能惧怕与儿子严肃沟通。你母亲看出你在1892年7月身处困境，如果她当时和你严肃沟通，让你向她坦白，情况便会好得多，你们两个人也都会因此舒心许多。偷偷摸摸、遮遮掩掩地和我通信完全是错误的做法。像你母亲那样给我寄来无数标着"亲启"的信件，求我不要总请你去吃晚餐，不要给你钱花，每一封信的结尾都恳切地附上"无论如何不要让阿尔弗雷德知道我给你写信了"，这样做有什么用呢？这种通信能有什么好处？你有哪一次是等我请你出去吃饭？从未有过。你向来将和我一同进餐视为板上钉钉的事。我若有所反对，你总会这样反驳："我不和你吃饭，又能到哪里吃？你总不会以为我会回家吧？"这话无法回答。而我若执意拒绝与你共进晚餐，你就会威胁要做某种傻事，并且真的付诸行动。你母亲寄给我的那种信，除了现在已然导致的后果以外，又能达到什么效果？她做到的只是以一种愚蠢、致命的方式将一切道德责任都推到我身上。关于你母亲的软弱和怯懦，对她自己、对你、对我具体有怎样的毁灭性，我不想再多说，只有一点：当她听说你父亲闯到我家胡闹滋事，制造丑闻，总该那时便看出严重的危机正迫在眉睫，并且认真采取措施，避免危机的发生吧？但她唯一能想到的就是派花言巧语的乔治·温德姆[①]来搬弄他的巧舌如簧，建议我"慢慢地疏远你！"

就好像我可以慢慢地疏远你似的！我想尽方法结束我们的友谊，甚至离开了英国、留了国外的假地址，以期将这已然可憎、可恨、将我引向毁灭的纽带一刀斩断。你以为我能"慢慢地疏远"你吗？你以为那样就能满足你父亲吗？你清楚不能。你父亲想要的，可不是我们

[①] 乔治·温德姆（1863—1913）是阿尔弗雷德·道格拉斯勋爵的亲戚，议会成员，曾写作文学主题的书籍。

断绝关系,而是丑闻。那才是他想方设法要达到的目的。他的大名已数年不曾见报了,他发现了这个好机会,能让他以全新的形象,以一个慈父的形象展现在英国大众面前。他的幽默感被激发了出来。如果我斩断了与你的友谊,他定会大失所望,而第二次离婚诉讼带来的那一点恶名,缘由和过程再怎样惹人憎恶,也满足不了他了。因为他的目的是受人青睐,而凭当下英国大众的眼光,要想成为英雄人物出一时风头,摆出所谓"捍卫纯洁之勇士"的样子正是最灵验的方法。至于大众,我曾在一部剧本里写过,如果每年有一半时间它是凯列班,那么另一半时间它就是答尔丢夫①。而你父亲可谓是这两个角色的化身,因此顺理成章地成为清教主义中咄咄逼人、最为典型的代表。慢慢地疏远你,哪怕我做得到,也无济于事。你现在还不明白吗?你母亲当时唯一该做的事,就是请我上门见她,并且当着你与你兄弟的面,明确表态说我们必须绝交。我会全心全意支持她的决定,而且有德拉姆兰里戈和我在,她也不用害怕和你谈话。她没有那样做。她惧怕她的责任,试图将它们都推到我的身上。她确实给我写了一封信,很短,她请我不要以律师函的形式警告你父亲,逼他停手。她的建议十分正确。我向律师寻求帮助与保护,着实荒唐。可她用惯常的附言抵消了那封信可能产生的任何效果:"无论如何不要让阿尔弗雷德知道我给你写信了。"

想到不仅你自己,我也给你父亲寄去律师函,你就简直着了迷。你正是建议我这样做。我不能告诉你,你的母亲强烈反对这种做法,

---

① 莫里哀戏剧《伪君子》的主人公。——译者注

因为她已用最庄严的承诺束缚了我，让我永远不要对你说起她的来信，而我愚蠢地信守了承诺。你难道看不出，她不该避免与你面谈吗？你难道看不出，她暗中找我谈话、背地里给我寄信，全是错误的做法吗？没有人能将自己的责任推到另一个人身上。它们总有一天会回归原主。你唯一的生活之道，唯一的哲学——如果你也配有哲学的话——就是，你的一切行为都该由他人买单，我指的不仅是钱，那只是你这种哲学在日常生活中的应用实践，我所指的是最广义、最彻底的推卸责任。你已把那当成了自己的信条。就当时的情况看来，它的确很有效果。你逼我行动，因为你清楚你父亲不会攻击你的生活或你本人，我则会用尽全力保护这两者，用自己的肩膀扛下一切可能的责任。你想得很对。你父亲和我，动机自然大不相同，最终的行为却和你所指望的如出一辙。但尽管如此，在某种意义上，你也没能全身而退。那"婴孩撒母耳论"（为了简短，我们且这样说）在无知大众中传扬甚广，信者甚多，或许它会在伦敦遭到不少白眼，在牛津受到几声冷笑，但只是因为那两个地方都有认识你的人，都留下了你活动的痕迹。除了那区区两座城市之外，全世界都将你看作一位正直的年轻人，险些被道德败坏、行为不端的艺术家拐入歧途，幸而善良慈爱的父亲及时出现，才把你挽救了回来。听起来很好。然而，你知道自己没有就此逃脱。我指的不是一个愚蠢陪审员问出的愚蠢问题，刑事法庭和法官对那种问题自然不屑一顾。没有人在乎那个。我所指的，或许主要是你自己。你总有一天会不得不审视自己的作为，而在你自己的眼中，你对事情的发展不太满意，也无法满意。内心深处，你一定很以自己为耻。一张厚脸皮用以示人固然再好不过，但偶尔，当你独处无人旁观时，我猜你总要摘下那面具，哪怕只为了透透气。否则，你必然会窒息的。

同样，有时候，你母亲也一定会悔恨，因为她曾将重大的责任推卸给他人，而那人本身的担子已经很重了。她对你兼具父母的身份，却可曾真的履行过任何一方的责任？既然我忍受了你的恶劣脾气、粗鄙和吵闹，她也该忍受同样的东西。我上次见到我的妻子是14个月前了，我告诉她，她对西里尔既要做母亲也做父亲了。我详细地对她讲述了你母亲对待你的方式，就像在这封信中所写的这样，但自然要全面得多。那无数由你母亲寄来泰特街、信封上写着"亲启"的信件背后的缘由，我都告诉了她。当初那些信来得那么频繁，我妻子都被逗笑了，说我们一定是在合写一部社会小说。我恳求她不要像你母亲对你那样对待西里尔。我说，她要好好教导他，使他万一让无辜者流了血，就会找她坦白，找她先帮他洗净双手，再教他以苦行或赔偿净化灵魂。我还说，如果她害怕为另一个生灵负责，哪怕是为她亲生的孩子负责，那么，她就该请一位监护人帮忙。我很欣慰她听了我的话，她选择了阿德里安·霍普，他是一位出身高贵、教养良好、品行高尚的男士，也是她的表亲，你曾在泰特街见过他一次，有他在，西里尔和维维安就有很大希望能拥有美好的未来。你母亲既然惧怕与你严肃交谈，就也应在自己的亲戚中选择一个能让你听话的人。但她不该惧怕，而该直言不讳，正视现实。无论如何，看看现在的结果。她心满意足了吗？

我知道你母亲把一切归咎于我。我听人这样说起过，但他们不是认识你的人，而是既不认识你也不想认识你的人。我常听人这样说，例如她会谈起年长男性对年轻人的影响。谈起我们的问题时,这是她最爱采取的态度之一,也总能迎合大众的偏见与无知,屡试不爽。我不用问你我到底如何影响了你,你清楚我对你毫无影响。这是你常常吹嘘的一点:我对你毫无影响。这也是你所有的自吹自擂中唯一有理有据的一条。就事实而论,你身上有什么是我能够影响的?你的头脑吗?它发育都不完全。你的想象力吗?它本就是个死物。你的心吗?它还没有长出来呢。所有从我的人生路过的人,你是一个,也是唯一一个我无论如何也影响不了的人。当我因照顾你染病发烧,卧床不起需要照顾时,我并没有足够的影响力驱使你给我哪怕拿一杯牛奶,或为我准备病人通常需要的物品,或驾车走上一百码,到书店用我自己的钱为我买上一本书。当我好不容易专心写作,力图创作出比康格里夫更精彩、比小仲马更具哲思、比所有人在所有方面都更优秀的喜剧时,我并没有足够的影响力让你离开我,留我像艺术家理应的那样不受打扰地独处。无论我在哪里写作,那个房间对你来说都和普通的起居室一样,是随你抽烟、喝掺了气泡水的酒、乱侃荒唐事的地方。所谓"年长男性对年轻人的影响"本是个极好的理论,但一进入我的耳朵就变了味道,变得怪诞荒谬了。它进入你的耳朵时,我猜,你大概会暗自微微一笑。你当然有资格这样。你母亲对金钱问题的表态,我也常常听说。她总是公允中肯,说她不停地劝我不要给你钱。我承认确实如此。她的信一封接着一封毫无间断,而每一封都附着"千万不要让阿尔弗雷德知道我给你写信了"这句话。但我并不乐于为你的一切买单,从清早刮脸的费用到深夜赌场的赎金都一概付清。那着实可厌至极。我一次次地对你抱怨这事。你想必还记得吧?我总是告诉你,我多讨厌你当我"有用",没有艺术家愿意被这样看待和对待。艺术家,就像艺术本身,在本质上便是无用的。我这样对你说时,你总是非常生气。真相总是让你生气。真相的确是最难接受也最难说出口的。但那些话未能改变你的态度和生活方式。每一天我都要为你全天的每一项开支付钱。只有脾气好到荒谬或愚蠢到无法描述的人才会那样做。我,很不幸,二者兼具。每当我提出,你想要的钱应由你的母亲供给,你总是能给出非常动听而得体的对答。你说你父亲给她的钱是大约每年1500英镑,难以满足她那种地位的女士的需求,因此你不能找她索要比现在更多的钱。你说她的收入与身份、品位完全不符,这话不错,可你不应把那作为借口,用我的积蓄供给你的奢侈生活。正相反,那本该促使你在自己的生活中厉行节约。事实上,你当时是,我猜现在仍是,一个典型的感情用事的人。因为感情用事的人就只是想享受某种情感带来的一时之快,却不愿付出代价。你提出不让你母亲破费,这是美好的,以使我破费为前提却是丑陋的。你以为人的情感可以白白获得。并非如此。即使最高尚、最具牺牲精神的情感也不是免费的。奇怪的是,它们正是因此而高尚。普通大众的精神与情感生活相当可鄙,他们从思想的流动图书馆(没有灵魂的时代精神)借走想法,周末再将被他们脏污了的思想送回去,同样,他们也总想靠赊账获得情感,等收到了账单却拒不付清。你应该告别这样的生活方式。一旦你为要某种情感付出,你便知道了它的价值,并因认识到其价值而进步。要记住,感情用事的人内心深处都是犬儒主义者。是了,感情用事不过是犬儒主义在休假罢了。而思想上的犬儒主义再怎样有趣,一旦离开木桶①、走进了俱乐部,充其量就只适合做一个没有灵魂的人的哲学。诚然,它具有自己的社会价值,而对艺术家来说,一切表达都带有吸引力。但这种哲学本质上是种低劣的东西,因为对真正的犬儒主义者来说,世上没有一件事是明了的。

我想,如果你现在回头看一看,你对待你母亲的收入是何态度,对待我的收入又是何态度,就绝不会感到自豪。或许某天,即便你不给你母亲看这封信,也会向她解释,你靠我的钱生活,从未征得过我的允许。那只是你爱慕我的一种古怪、让我个人颇为苦恼的方式。无论大钱小钱都依靠我来支付,使你在自己眼中平添了孩童特有的魅力,而通过坚持让我支付你的一切享乐,你以为自己找到了永葆青春的奥秘。我坦白,听说你母亲针对我的言论,我很难受,而我相信,反省过后,你就会同意我的想法:如果她不能就你们家族为我带来的毁灭表示悔悟或痛心,她最好还是保持沉默。自然她不必读到这封信中提及我心理变化的部分,也不用了解我期望达到的新起点。她不会对这些感兴趣。但我若是你,就会把那些完全写你的部分拿给她看。

实话说,若我是你,就不会在乎欺诈换来的喜爱。人没有必要将自己的生活展示给世人。许多事,世人看不懂。而你希望得到好感的人就不同了。我有一位好友——和我有着十年的深交——一段时间以前来看望我时对我说,别人说我的那些话他一个字也不信,他还希望我知道,他认为我是无辜的,是遭了你父亲的毒计陷害。我听了这话失声痛哭,告诉他,虽然你父亲的明确指控中含有不少虚假的成分,

---

① 犬儒主义的创立者第欧根尼因居住在木桶里而闻名。——译者注

是恶意的栽赃，但我的生活确实充满变态的欢愉与怪异的激情，他若不能承认我的这些特质，接受事实，我便再也不能做他的朋友，甚至再不能与他来往了。他大为震惊，但我们仍是朋友，而我不是靠着欺诈才保住了他的友谊。我对你说过，真相是最难说出口的，可被迫撒谎还是要比它难受得多。

我记得，在最后一次审判中，我坐在被告席上听着洛克伍德①对我骇人听闻的控告——那简直就像塔西佗所写的东西，像但丁《神曲》里的段落，或萨伏那洛拉对罗马教皇的抨击——我为所听到的一切惊骇不已。忽然我想到，"如果是我在如此描述自己，该有多妙！"我当时便意识到，用怎样的话说一个人并不重要，重要的是说话的人。我毫不怀疑，一个人最高贵的时刻，就是他跪伏尘埃，以手捶胸，坦白自己所有罪恶的时候。你也一样。如果你亲口对你母亲讲起你的生活，哪怕只讲一点，你也会比现在幸福得多。我在1893年12月对她说了许多，但我最终自然只能沉默，或只谈些泛泛的话。我的话并未让她在同你交流时增添胆量。恰恰相反，她比以往更加执拗地对真相视而不见。如果是你亲自对她讲，情况就会不一样了。我的话在你听来也许时常过于逆耳，但其中的事实是你无法否认的。当时的情况正是我所说的那样，而如果你像你应该的那样认真读完了这封信，你便面对面地见到了你自己。

现在，我已经巨细无遗地给你写了许多，只为让你明白，你在我

---

① 即弗兰克·洛克伍德爵士（1847—1897），副检察长，是王尔德第二次审判中的原告律师。

入狱前那三年致命的友谊中对我的意义，你在我刑期中——月亮再盈亏两轮便大约结束了——对我的意义，还有出狱之后我希望如何对待自己与他人。我不能把这封信重改一遍，也不能另写一封。你必须拿到现在的这封信，按它现在的样子：多处被泪水模糊，几处因激动或痛苦而字迹不清。你只有尽你所能辨认出所有内容，泪渍也好，修改也好。至于那些修改和订正，是为精确地表达出我的想法，以免夸大啰唆或者一笔带过。语言就像小提琴一样需要调节。歌手歌唱或琴弦演奏时，颤音过多或过少都会有失音准，同样，词句过于冗长或精简也会阻碍信息的传达。至少，像现在这样，我的信中每词每句都表意精准。没有一点花哨虚浮。每一处删减或替换，再细微、再费心，都是为了表达出我真实的感想，为我的情绪找到准确的对应。最情绪化的事物总是最难付诸言语。

　　我承认这是一封严厉的信，我丝毫没有顾忌你的感情。你可以说，虽然我已经承认了"用我最微小的痛苦、最细碎的损失与你权衡轻重"对你很不公平，但我实际上却还是那样做了，并且一毫一厘地仔细分析了你天性的构成。正是如此，你必须记得，是你将自己置于天平之上。

　　你必须记得，哪怕天平的另一端只是我在狱中的一瞬间，它都会压动横梁，将你所在的那端高高抬起，是虚荣让你选择了这端，也是虚荣让你紧抓着它不放。我们的友谊有一个心理上的巨大错误，那就是比例的完全失调。你强闯进了一个对你来说过于广大的生活，其轨道远远超出了你目力所及与循环运动的范围，其思想、激情和行动都带着深刻的内涵、广阔的意趣，并且过于沉重地盛满了美妙或可畏的后果。你那小兴致和小情绪构成的小生活,只在它自己的小小范围内才具有欣赏价值。它在牛津还有欣赏价值,在那里,你能遭受的最坏情境就是学监的申斥或是院长的训话,而最激动人心的事件不过是莫德林在划船比赛中夺冠,在院子里点起篝火庆祝这一盛事。你离开牛津之后,它也本该在自己的圈子里继续下去。若只看你本身,你并没有什么不好。你是一个很现代的品种里最突出的典型。你只是与我相比较时才显出了错误。你毫无顾忌的挥霍并不是罪行,年轻总是少不了挥霍,但你的可耻之处在于逼我为你的挥霍买单。你渴望拥有能从早到晚陪伴你的朋友,这是一种迷人的想法,几乎和田园诗一样浪漫。但你拴住的那个朋友不该是一位文学家、艺术家,对他来说,你长时间的伴随是对所有美好作品的破坏,因为它能麻痹创造力。你发自内心地认为,度过良宵的完美方式就是在萨沃伊酒店用一顿香槟晚餐,然后移步到音乐厅的包厢里,最后去威利斯餐厅以一顿香槟夜宵画上完美的句点。这没有任何妨害,因为伦敦有大堆可爱的年轻人都这样想。这种做法甚至不算怪癖,它就是加入怀特俱乐部的门槛。可是你无权要求我为你提供一切享乐,这证明你完全没有真正欣赏我的才华。我又要说到你与你父亲的争执,不论旁人会怎样看待它的性质,它显然都只应是你们两个人之间的事情,本该在后院里处理。这类争执,我想也通常都是在后院里进行的。你的错处在于,你执意将它当作一出悲喜剧在历史的高台上演出,请全世界来观看,又把我设成这场可鄙对抗中胜者的奖赏。至于你父亲仇视你,你也仇视你父亲,英国公众对此并无兴趣。这种情感在英国家庭生活中十分常见,也理应局限在孕育它的独特环境中——家里。出了家庭的圈子,它就和周遭都格格不入，将它挪到其他地方就是冒犯。家庭生活不该被当作一面旗子，随意当街挥舞，也不该被当作号角，在屋顶上声嘶力竭地乱吹。你将家事带出了正当的范围，正如你将自己也带出了正当的范围。

而脱离自己正当范围的人只是改变了周围的景致，本性一如既往。进入另一个范围后，他们不会获得相应的思想与激情。他们没有那样的能力。我在《意图集》中曾写道，情感力量的作用范围与持续时间就和物理能量一样有限。小杯子做出来就只能装那么些许，装了既定的量，也就再装不下什么了，哪怕全勃艮第的紫色酒桶都盛满了红酒，而西班牙布满石块的葡萄园里，采葡萄酿酒的工人膝盖都埋进了葡萄堆。人们最普遍的错误莫过于认为，造成或促成了惨烈悲剧的人会产生与悲剧气氛相宜的感受，人们最致命的错误也莫过于期望他们能有那样的感受。身穿着"火衣"的殉教者或许凝望着上帝的面庞，但那些堆放薪柴、拨松木块以便点火的人看这整个场面，就好似屠夫看宰牛，烧炭人看砍树，挥着镰刀割草的人看断折的花茎。伟大的激情属于伟大的灵魂，伟大的事件也只有同等的人才看得到。

所有戏剧中，艺术造诣无与伦比、细微观察中最具暗示意味的，只有莎士比亚对罗森格兰兹与吉尔登斯吞的描绘。他们是哈姆雷特的大学同学，他们曾是他的朋友，他们承载着同窗共处的美好回忆。剧中他们出场时，哈姆雷特正被他天性无法承受的重负压得步履蹒跚。死者披挂甲胄走出坟墓，把任务强加给他，那任务对他来说太过伟大也太过残酷。他是个梦想家，却召唤他去行动。他有着诗人的气质，却要求他厘清世俗的因果纠葛、现实生活的尔虞我诈这些他完全不懂的东西,而不是让他思考生活理想的本质,那才是他谙熟的内容。该采取何种行动,他没有任何概念,他的疯狂就是在于装疯。勃鲁托斯①将疯狂当作斗篷,掩盖他图谋的利剑、意志的匕首,而哈姆雷特的疯狂却只是遮蔽软弱的面具。他扮出怪相、说出怪话,都是借机拖延时间。他不断推敲行动,就像艺术家推敲某个理论。他自己监视自己的行为,听着自己所说的话,也明白那些不过是"空话,空话,空话"。他非但不努力成为自己故事的主角,反而尽力变成自己悲剧的看客。他一切都不相信,包括他自己,可他的怀疑未曾帮他分毫,因为那怀疑并非来自思虑,而是来自动摇的信念。

对所有这一切,吉尔登斯吞和罗森格兰兹无知无觉。他们点头哈腰、脸上挂着假笑或真笑,一个人说了什么,另一个就用更腻味的词句复述出来。最后,哈姆雷特用剧中剧和调笑的傀儡"发掘国王内心的隐秘"②,逼得那恶人仓皇离开王座,吉尔登斯吞和罗森格兰兹却只觉得他的作为大大触犯了宫廷礼仪,惹了麻烦。他们"以适当的情感审视生活的景象"也就只能达到这种水平了。他们与他的秘密近在咫尺,却毫不知情,告诉他们也不会明白。他们就像小杯子,只能装下那么多东西,多一点都不行。靠近结尾处,作家暗示,他们陷在为他人所设的狡猾圈套里,遭逢了,或可能遭逢了突然的惨死。然而这

---

① 莎士比亚悲剧《裘力斯·恺撒》中的人物。
② 同下文"吉尔登斯吞和善良的罗森格兰兹""罗森格兰兹和善良的吉尔登斯吞"均引自《哈姆雷特》第二幕第二场。另两处引用的"行事的始末根由昭告世人,解除他们的疑惑"和"暂时牺牲一下天堂上的幸福,留在这一个冷酷的世间"则出自第五幕。——译者注

类悲惨的结局,尽管被哈姆雷特以幽默染上了一丝喜剧的意料之外和罪有应得,却并不真正属于他们。他们永不会死亡。霍拉旭,为将哈姆雷特的"行事的始末根由昭告世人,解除他们的疑惑","暂时牺牲一下天堂上的幸福,留在这一个冷酷的世间",但在观众看不到的地方,他到底还是死了,也没有留下兄弟。可吉尔登斯吞和罗森格兰兹就同安哲鲁[①]和答尔丢夫一般不朽,也理应与他们并列。他们是现代生活对古代理想友谊的增补。若有人创作出新一版的《论友谊》,必须要留几页给他们,以《图斯库路姆论辩集》[②]的散文文风写出对他们的赞颂,他们在各世各代都可做典型,责备他们等于缺乏体谅。他们不过是脱离了自己的范围,仅此而已。灵魂的崇高不具有传染性,高尚的思想与情操自存在起就孤立于世。奥菲利亚自己也无法参透的,更不可能由"吉尔登斯吞和善良的罗森格兰兹"或"罗森格兰兹和善良的吉尔登斯吞"懂得。当然,我不是意在将你与他们相比,你与他们有着明显的区别。他们是机缘巧合,你却是主动选择。你未经我的邀请,就刻意挤进我生活的范围,霸占了你没有权利也没有资格占据的位置。凭着你古怪的执拗,你将自己融入我的每一天,就此成功地吞噬了我的整个生活,而除了将那生活搅得支离破碎,也做不出别的事情。这话在你听来或许奇怪,但你做出这事是自然而然的。如果给孩子的玩具过于奇妙,让他的小脑瓜无法理解,或者过于美丽,让他尚未觉醒的双眼无法欣赏,任性的孩子就会毁坏那玩具,兴致缺

[①] 莎士比亚戏剧《一报还一报》中的人物。
[②] 古罗马政治家、哲学家西塞罗的作品。——译者注

缺的孩子则会将它抛在一边,径自寻找玩伴。这正是你的问题。你得到了我的生活,却不知拿它怎么办。你也不可能知道。它对你来说过于奇妙,不该落在你的手心。你就该放它从你手中滑落,然后回到自己的玩伴身边,继续与他们游戏。不幸的是,你很任性,于是你毁坏了它。说到底,或许这便是一切的核心奥秘,因为奥秘总比表象小出许多,移动一个原子,就可能摇撼整个世界。我对你不留情面,也不能放过我自己,所以我需要补充这一点:对我来说,与你相识本就危险,在那时与你相识却是致命。因为那时的你还只是处于播种埋土的生命阶段,我却已然迎来了果实丰收的时节。

还有一些事我必须向你写明,首先就是我的破产。一段日子前我听说,若是你家现在出钱支付给你父亲,已经来不及了。何况那样并不合法,因此我不得不在很长一段时间内继续目前受苦的状态。我承认我十分失望。我很难过,因为法律界定,我所有的账目都要交予破产接管人,而没有他的允许,我一本书也无法出版。我不能与剧院经理签订合同或者演出剧目,而不将我的收入转给你的父亲与其他债主。我想如今哪怕你也会承认,让你父亲害我破产,希望借此机会"扳倒"他"一局"的企图,并未带来你心目中的绝妙全胜。至少对我并非如此,你理当考虑的是我一贫如洗时感到的痛苦与羞辱,而非自己的幽默感,无论它多么尖酸刻薄、出人意料。实事求是地说,你任由我破产,就像怂恿我出席第一场审判一样,都是给了你父亲可乘之机,也正中他的下怀。若是独自一人,没有帮手,他从一开始就形不成气候。尽管你无意助纣为虐,却成了他最得力的同伙。

去年夏天,莫尔·阿迪写信告诉我,你确实不止一次说过,想要补偿我在你身上"花费的一小部分钱财"。如我在给他的回信中所说,很不幸,我花费在你身上的是我的艺术、我的生命、我的名声和我在青史中的地位,而即使你家坐拥世上全部的珍宝,或所有世人称为珍奇、天才、美感、财富、高位等事物,就算将这一切都献至我的脚边,也补偿不了我被夺去的一小部分,或我所流下的最小的一滴眼泪。然而,人做任何事都是需要偿还的,即便破产了也不例外。你似乎以为破产就能十分方便地将过往的债务一笔勾销,也就是"扳倒债主一局"。事实正相反。如果我们还要继续用你最爱的说法,它是让债主"扳倒"负债者的方法,让法律通过没收一切财产强迫他还清所有债务,使他哪怕不还债也会穷困潦倒,像拱门下、墙根边徘徊游走,伸手乞怜却不敢(至少在英国不敢)开口讨要施舍的最低贱的乞丐一般。法律不仅夺走了我现在拥有的一切——我的藏书、家具、绘画、已出版文章的版权和戏剧的版权,从《快乐王子》和《温德米尔夫人的扇子》,到我家台阶上的地毯和门口刮鞋底的架子都被剥夺殆尽,它还将夺走我未来可能拥有的一切。比如,我在婚姻授产契中的份额也被出售了。幸好我通过朋友将它赎了回来,否则,万一我的妻子去世,我的两个孩子就会像我一样一贫如洗。我在爱尔兰那处房产的股份是从我父亲那里继承的,可下一次要卖的大概就是它了。我十分不愿将它变卖,但我只能服从。

你父亲的700便士——还是英镑来着?——拦在我前进的路上,也必须偿还。尽管我已失去了现有和将有的一切,被释放后也是个无望的破产者,仍需要还债。在萨沃伊的晚餐——清淡的乌龟汤,包在西西里葡萄叶中的鲜美秧鸡肉,大量琥珀色、几乎带着琥珀气味的香槟（1880年的达格内，好像是你最喜欢的酒？）——仍需要我支付。威利斯餐厅的夜宵——向来专门留给我们的巴黎之花特酿、从萨尔茨堡直接运来的浓郁肉酱、沁人的上等香槟（总是浅斟在钟形的大杯底部，好让真正精于精致生活的人尽情品味它的香气）——这些也不能不付，任它们变成狡猾主顾遗留的坏账。还有那些精巧的袖扣，四颗银色雾状的心形月长石，周围装点着一圈红宝石和钻石，它们是我亲自为你设计、在亨利·路易斯家定制的，是庆祝我第二部喜剧演出成功的特别礼物。尽管我记得你几个月后就卖掉了它们，用得来的钱买了一张歌谱，但我仍要付清这些账单。我不能为送你礼物让珠宝商赔钱，无论你怎样处理它们。可见，哪怕即使我出狱了，也还是要还债的。

　　破产者的原则也是所有人日常生活中的原则，那就是一切事物都必须有人付出代价。即便是你，无论你如何追求完全的自由，渴望摆脱一切责任，执意让他人为你提供一切，拒绝付出爱慕、敬意或感激，也早晚有一天要沉下心反省自己的所作所为，并且无论再怎样徒劳，也要试图赎罪。事实上，你无法真正赎罪，而那正是对你的一种惩罚。你不能像洗手那样将一切责任洗净，耸耸肩或微微一笑接着与一位新朋友会面、赴一场新宴席。你不能把带给我的所有苦难都看作某种煽情的回忆，只偶尔就着香烟和餐后甜酒品一品了事，它不该被当成某种别致的背景，装饰着你胡乱的现代生活，就像破酒馆里挂的旧壁毯。或许它暂时还留存着鲜酱料和新佳酿的韵味，但宴席的剩菜在变质，瓶底的酒渣又苦又涩。今天、明天，或以后的某天，你总是要明白过来。否则，你就会糊涂至死，到那时，你的一生该是多么空虚,又毫无想象力。在给莫尔的信中,我提出了一种角度,建议你最好尽快照我所说的开始反思。他会把我所写的转告给你。要理解我的话,你必须培养自己的想象力。记住,是想象力让我们通过真实和理想的关系看清他人。如果你自己无法明白,就与他人探讨吧。我不得不直面我的过去,你也直面你的过去吧。静静坐下,仔细思考。最大的恶习莫过于肤浅。凡事只要认清了,就对了。和你的兄弟谈谈这事。若我说,最适合这场对话的正是珀西。给他看看这封信,让他了解你我友谊的前前后后,只要一切清清楚楚地摆在他面前,没有人的判断会比他更好。假如我们对他讲了实情,我将少去多少折磨与羞辱!你该记得我提过这样的建议,就在你从阿尔及尔回到伦敦的那晚。你一口回绝了。因此,晚饭后他来访时,我们只好合演了一出滑稽戏,把你父亲刻画成了一个痴心妄想、荒唐至极的疯子。当时那确实是一出顶呱呱的喜剧,效果完全没有因珀西把它当真了而有所减损。可惜它的结尾实在可憎。我现在所谈的内容正是它的后果之一,如果你觉得厌烦,请千万不要忘记,它可是我最为深重的、不得不经历的耻辱。我别无选择,你也没有。

我要对你说清的第二件事,有关我监禁结束后我们相见的环境、情形和地点。我读过几段你在去年初夏写给罗比的信,我知道你将我写给你的信件和送给你的礼物——至少是剩下的那些——封入了两个包裹,并且急于亲自把它们归还给我。自然,放弃它们很有必要。你既不懂我为何要给你写美妙的信函,也不懂我为何送你美丽的礼物。你不懂前者不该发表,也不懂后者不该典当。此外,它们属于一段已结束多时的生活,一份你无法完全重视的友谊。如今的你回顾从前,看到自己如何将我的整个生活玩弄于股掌之间时，一定惊异不已。我回顾时同样带着惊异，还有其他一些截然不同的情感。

如果一切顺利，我将于5月底获释，我希望能立刻动身同罗比和莫尔·阿迪去国外某座海滨小村。欧里庇得斯曾在一部关于伊菲吉妮娅的戏剧中写道，海能涤净世间的尘垢与伤口。

我希望能与朋友们共度至少一个月的时间，并在他们益于健康、亲切真挚的陪伴下获得安宁与平和，减轻心中的苦闷，让情绪变得愉快。我对那些发自太古的伟大而简单的事物生出了一种古怪的渴望，海就是其中之一，我认为它与人地一样如同母亲。在我看来，我们对自然远观得太多，却很少同它共处。古希腊人的态度极其明智，他们从不喋喋不休地大谈日落，争论草叶上的阴影到底是不是紫色。但他们知道大海是供泳者徜徉的，沙滩是给跑步者落脚的。他们爱树是因为它们投下的阴影，爱森林是因为它午间的寂静。管理葡萄园的人用常春藤绕在发间，是为他在弯腰查看嫩芽时不被阳光晃眼。至于由古希腊赐予我们的这两类人物——艺术家和运动员，对人来说是别无用处的苦涩的月桂和野生的欧芹编成的花环。

我们说自己活在功利主义的时代，却什么也不会利用。我们已忘了水能清洁、火能净化、大地是我们所有人的母亲。因此，我们的艺术是月亮的艺术，只知玩弄事物的阴影，而古希腊的艺术是太阳的艺术，直接描绘万物本身。我相信，自然之力有着净化的功效，所以我想要回归它们，在它们之间生活。当然，我这样现代化的人，作为本时代的产物，仅仅远观世界也总会心情愉快。想到我出狱的那天，金链花和丁香花都会在花园中绽放，我会看到风抚过一种花，带起颤动的流金，又使另一种晃动羽毛似的紫穗，为我将空气变作飘满馨香的阿拉伯世界——想到这些，我就欣喜得战栗。林奈首次见到英国某处狭长的高地被金雀花那香气扑鼻的黄褐色花朵染成一片亮黄时，跪在地上喜极而泣，而我知道，对渴望花朵的我来说，某朵玫瑰的花瓣中有泪滴正等待着我。自我幼时起便一直如此：隐藏在花朵的杯盏里、贝壳的弧线中的色彩，我的天性由于与万物灵魂的微妙共情，同每一种都能产生呼应。我与戈蒂耶是一类人："可见的世界为其存在"①。

我仍然能感受到，尽管这些美好令人愉悦，但在它背后隐藏着一种精神，其缤纷的形态不过是外化的形式，而我正是想与这种精神达成和谐。我已厌倦了人与物清晰的话语。生活的神秘、自然的神秘，才是我所追求的。而在音乐的伟大序曲中、在悲哀的启蒙里、在海洋的深处，我或许能寻找到它，我必须找到它。

所有审判都是对一个人生命的审判，正如所有裁决都是死刑，而我共受到了三次审判。我第一次离开被告席，是被逮捕，第二次是被带回拘留所，第三次是被关进监狱服两年刑期。我们所构成的社会，将没有我的立足之地，也不会给我分毫。然而，甘甜的雨露只管落下，不管淋湿的是不公还是正义，大自然会有岩石的裂隙供我藏身，有秘密的幽谷供我不受打扰地哭泣。它会在夜幕上挂满星星，让我在黑暗中远走而不至于踉跄，它会让风拂去我的足印，不让人跟踪我、伤害我。它会用广大的水流净化我，用苦涩的草药使我痊愈。

---

① 原文为法语。王尔德曾借用法国诗人和小说家泰奥菲尔·戈蒂耶的这句话描述道林·格雷。

月末，当6月的玫瑰盛开的时候，如果可以，我会通过罗比安排与你见面，地点定在国外某个安静的小镇，比如布鲁日，那里灰色的房屋、绿色的运河和清冷安宁的生活在数年前便吸引了我。目前你得暂时改换一下名姓，那让你扬扬得意的小头衔使你的名字听起来像一朵花的名称。如果你想见我，就必须把它放下，就好像我的名字，尽管一度在名誉之神的口中悦耳动听，现在也不得不为我所弃。我们这个世纪对待种种重负时，何其狭隘、吝啬和无能！对成功之人，它能给予花斑岩的宫殿；对悲哀与蒙羞之人，却连一间枝条编成的栖身小屋都不能给，它唯一能为我做的，只是叫我改名换姓。哪怕在中世纪，我还能以修士的头巾或麻风病人的遮脸布挡住面孔，获得安宁。

我希望经历了这一切以后，我们的见面会像你我间应有的样子。从前我们之间总有一道宽阔的鸿沟，那是艺术成就与文化积累的鸿沟。如今，我们之间的鸿沟更加宽阔，那是悲哀的鸿沟。但对谦卑来说，一切皆有可能，对爱来说，一切皆为易事。

至于你针对此事给我的回信，长也好，短也罢，随你选择。在信封上写"雷丁，H.M.监狱，典狱长收"。另外，里面放上另一个信封，不要封口，用来装你给我的信。如果你的信纸很薄，不要两面都写，那样不便于阅读。我给你写信时毫无顾忌，你回信时也可以一样。我必须知道你为何从前年8月起，尤其是去年5月时（那是11个月前了）就从未与我联系。你明明知道，也向他人承认过你知道自己如何让我受苦，我又如何清楚这种情况。我等你的来信等了一个月又一个月，即便我没有等待，或是将你关在了门外，你也应该记得没有人能将爱永远关在门外。福音书里那个不义之官最终做出了正义的决定，因为正义日日叩打着他的屋门；那心中没有真正友谊的人最终妥协，半夜为朋友提供帮助，是因为朋友"情词迫切的直求"。全天下没有任何监狱是爱闯不进去的。如果你不懂这一点，也就对爱一无所知。那么，让我好好了解了解你在《法兰西信使》中写我的文章吧。我听说过一些。你最好直接引用几段，毕竟它已经印刷登报了。还有，把你诗集的题献也一字不差地告诉我吧：如果是白话，就引述白话；如果是诗，就引述那首诗。我毫不怀疑其中蕴含的美。完全坦诚地写写你自己吧，写你的生活、你的朋友、你所做的事情、你在读的书。和我讲一讲你的作品和它的口碑。无论你想怎样为自己辩解，都不要顾忌，只管写吧。只有一点，不要写不是发自内心的话。你信中若有半点虚假、谎骗的内容，我都会立即从语气里察觉出来。毕竟我对文学一生的热崇可不是全无意义或效用，这种热崇使我"聚敛音韵与音节，就像弥达斯把守着金币[①]"。你也要记得，我还并不了解你，或许我们都还需要了解对方。

　　对你本人，我只剩这最后一件要说的事：不要惧怕过去。如果人们对你说，过去不可改变，不要相信他们。在上帝的眼中，过去、现在和未来都只是瞬息之间，而我们正是要尽力活在上帝的眼中。时间与空间、延续与扩张都只是思想的偶然条件，想象力能够跨越它们，在理想存在的层面上自由驰骋。事物在本质上也都由我们的思想塑造，而决定事物的，是人看待它的方式。"当他人"布莱克说"只看到曙光越过山头，我却看到上帝的孩子在欢喜中呼喊"，当我允许自

[①] 引自约翰·济慈（1795—1821）的诗作《论十四行诗的十四行诗》。

己在挑唆下与你的父亲抗衡时，我就无可挽回地失去了世人和自己看来似乎是"未来"的东西；而我敢说，我在那之前就早已失去了它。现在我眼前的，是我的过去，我必须让自己以不同的眼光看待它，让世界以不同的眼光看待它，让上帝以不同的眼光看待它。要这样做，我就不能无视它，不能轻视它，不能吹捧它，也不能否认它。我只能把它视作我生活和性格演化中不可避免的一部分，并且完全接受——对我所遭受的一切俯首顺从。我与灵魂的真正性情相距多远，这封信中变化不定的情绪、鄙夷与痛苦、抱负与未能实现抱负，都清楚地向你表明了。但不要忘记，试图完成这项艰难的课题时，我是坐在怎样可怕的学校里。而尽管我既不完全，也不完美，却还能带给你不少收获。曾经，你找到我，是为了学习生活的乐趣和艺术的乐趣。但或许，我之所以被你选中，是为了教给你更加绝妙的东西——悲哀的意义与美。

爱你的朋友
奥斯卡·王尔德